電車で行こう！

絶景列車・伊予灘ものがたりと、四国一周の旅

豊田 巧・作
裕龍ながれ・絵

集英社みらい文庫

目次《もくじ》

高橋雄太《たかはしゆうた》

電車《でんしゃ》に乗《の》ってどこまでも旅《たび》したい！　新幹線《しんかんせん》からローカル鉄道《てつどう》まで、電車大好《でんしゃだいす》きの乗《の》り鉄《てつ》

上田凜《うえだりん》

地元関西《じもとかんさい》の電車《でんしゃ》をはじめ、私《し》鉄《てつ》に関《かん》することなら日本全国《にほんぜんこく》なんでもOK《オーケー》！　私鉄大好《してつだいす》き鉄《てつ》

小笠原未来《おがさわらみらい》

走《はし》ってる電車《でんしゃ》から車内《しゃない》まで、なんでも写真《しゃしん》に撮《と》って記録《きろく》したい！　スポーツ万能《ばんのう》な撮《と》り鉄《てつ》

岡本《おかもと》みさき

電車《でんしゃ》の走行音《そうこうおん》からアナウンスまで、電車《でんしゃ》に関《かか》わる音《おと》は全部《ぜんぶ》好《す》き！　元気《げんき》いっぱいの録《と》り鉄《てつ》

1 KT《ケーティー》T《ティー》との夏休《なつやす》み！

夏休《なつやす》みに、宿題《しゅくだい》がなければいいのに……。

僕《ぼく》が鉛筆《えんぴつ》をとめて、ふうっとため息《いき》をついた時《とき》、ドアをノックする音《おと》が聞《き》こえた。

「えらいじゃない。朝《あさ》からちゃんと机《つくえ》に向《む》かっているなんて。やればできる子《こ》なのよ、雄《ゆう》太《た》は。さっ、冷《つめ》たいものをどうぞ」

部屋《へや》に入《はい》ってきた母《かあ》さんが、机《つくえ》の上《うえ》にアイスティーとお手製《てせい》のブラマンジェを載《の》せたお盆《ぼん》を置《お》き、机《つくえ》に広《ひろ》げていたノートをのぞきこんだ。

「宿題《しゅくだい》のドリル？　けっこう、いっぱいあるのね」

「うん。そのほかに、絵《え》も描《か》かなきゃいけないし、作文《さくぶん》と読書感想文《どくしょかんそうぶん》も……」

「ほんと、夏休《なつやす》みは宿題《しゅくだい》がなければ最高《さいこう》なのにね」

僕《ぼく》が考《かんが》えていたのと同《おな》じことを、母《かあ》さんが言《い》ったので、思《おも》わず噴《ふ》き出《だ》してしまった。

「まったくだよぉ」

「でも、雄太《ゆうた》が将来《しょうらい》、電車《でんしゃ》の運転手《うんてんしゅ》さんになるなら、ちゃんとお勉強《べんきょう》もがんばらなくちゃ。それに今年《ことし》の夏休《なつやす》みも楽《たの》しみがいっぱいじゃない？　お盆《ぼん》に関西《かんさい》に行《い》けば、KTT《ケーティーティー》のメンバーが待《ま》っていてくれるんだし。さぁ、がんばって宿題《しゅくだい》、仕上《しあ》げましょうよ。それさえ終《お》わらせれば思《おも》いきり遊《あそ》べるんだから」

母《かあ》さんは、僕《ぼく》の肩《かた》をぽんとたたいて出《で》ていった。

確《たし》かに、母《かあ》さんの言《い》うとおり。なんだけど……そんなに簡単《かんたん》じゃないんだよな。

僕《ぼく》は冷《つめ》たくてほんのり甘《あま》いアイスティーを飲《の》みながら、窓《まど》の外《そと》を眺《なが》めた。スカッと晴《は》れた空《そら》に、すでにもくもくと入道雲《にゅうどうぐも》がわきあがっている。

六月《がつ》も七月《しちがつ》も楽《たの》しかったなぁって、改《あらた》めて思《おも》った。

ルヒタンシュタイン公国《こうこく》の公子《こうし》であるレオンに観光《かんこう》ガイドを頼《たの》まれて、北海道新幹線《ほっかいどうしんかんせん》で函館《はこだて》へ行《い》ったのが六月《がつ》！　あれは謎解《なぞと》きツアーのようだった。

というのも、レオンにとって、函館《はこだて》は特別《とくべつ》な場所《ばしょ》だったから。

函館《はこだて》は、レオンのひいおじいさんの「フランツ二世《せい》・フォン・ヒルデスハイム」が、五十年前《ねんまえ》に親友《しんゆう》に会《あ》うために訪《おとず》れた街《まち》。

僕《ぼく》らは、フランツ二世《せい》が鉄道《てつどう》で経験《けいけん》した不思議《ふしぎ》な出来事《できごと》を解明《かいめい》したり、親友《しんゆう》と待《ま》ち合《あ》わせた教会《きょうかい》を探《さが》したりした。最後《さいご》に、フランツ二世《せい》の親友《しんゆう》が、女《おんな》の人《ひと》だったとわかって、ちょっとびっくりしたんだけどね。

七月《しちがつ》には、三年前《ねんまえ》の未来《みらい》が出《だ》した手紙《てがみ》の謎《なぞ》を追《お》いかけるために、真岡鐵道《もおかてつどう》に乗《の》りにいった。

そして八月《がつ》……関西《かんさい》に行《い》ったら、どんなことが僕《ぼく》を待《ま》っているんだろう。きっとまた、すごく楽《たの》しいに違《ちが》いない。

「さあ、がんばろう」

僕《ぼく》はまた鉛筆《えんぴつ》を握《にぎ》り、宿題《しゅくだい》にとりかかった。

関西《かんさい》へは、旅行《りょこう》じゃなくて帰省《きせい》で行《い》く。父《とう》さんも母《かあ》さんも関西出身《かんさいしゅっしん》だからだ。父《とう》さんの父《とう》さん、つまり僕《ぼく》のおじいちゃんは、奈良《なら》に住《す》んでいる。

おじいちゃんは、模型《もけい》メーカーさんから原型《げんけい》を依頼《いらい》されるくらい、その道《みち》では知《し》らない人《ひと》がいない、鉄道模型作《てつどうもけいづく》りの名人《めいじん》なんだ。

父《とう》さんの妹《いもうと》や、母《かあ》さんの兄弟《きょうだい》もたくさん、大阪《おおさか》や神戸《こうべ》などに住《す》んでいる。

そして僕《ぼく》は、関西《かんさい》へ行《い》った時《とき》は、必《かなら》ずＫＴＴ《ケーティーティー》のみんなに連絡《れんらく》をする。

ＫＴＴ《ケーティーティー》っていうのは『Kansai《カンサイ》 Train《トレイン》 Team《チーム》（関西《かんさい》・トレイン・チーム）』の略《りゃく》で、鉄道好《てつどうず》きの小学五年生《しょうがくごねんせい》が集《あつ》まっているチームだ。

私鉄《してつ》が大好《だいす》きで、お金《かね》に超細《ちょうこま》かい『私鉄大好《してつだいす》き鉄《てつ》』の上田凛《うえだりん》。

電車《でんしゃ》の音《おと》を録《と》るのが大好《だいす》きな

『録《と》り鉄《てつ》』の岡本《おかもと》みさき。

　鉄道《てつどう》のことは「ド」がつくほどの素人《しろうと》で、僕《ぼく》のいとこの川勝萌《かわかつもえ》。

　ＫＴＴ《ケーティーティー》のメンバーはこの三人《にん》で、みさきちゃんのお父《とう》さんのイベント運営会社《うんえいがいしゃ》『オフィス・オカモト』の会議室《かいぎしつ》がミーティング場所《ばしょ》だ。

　僕《ぼく》は関西《かんさい》に到着《とうちゃく》したらすぐに、ＫＴＴ《ケーティーティー》に集合《しゅうごう》をかけた。それからは毎日《まいにち》、オフィス・オカモトで、ミーティング！　普段《ふだん》はＫＴＴ《ケーティーティー》のミーティングは日曜日《にちようび》だけなんだけど、夏休《なつやす》みだもん。毎日《まいにち》、鉄道《てつどう》の話《はなし》をできるなんて、みんな、楽《たの》しくてたまらないんだ。

　今日《きょう》、集《あつ》まったのは『乗《の》り鉄《てつ》』の僕《ぼく》、高橋雄太《たかはしゆうた》と、みさきちゃん、上田《うえだ》の三人《にん》。いとこの萌《もえ》はピアノのコンクールが近《ちか》いので、夏休《なつやす》みはずっと練習《れんしゅう》ざんまい。ＫＴＴ《ケーティーティー》のミーティングはお休《やす》みしている。

「あのなぁ～。ここは遊《あそ》び場《ば》やないねんでぇ～」

　会議室《かいぎしつ》をのぞいたみさきちゃんのお父《とう》さんが、あきれた顔《かお》をして僕《ぼく》らを見《み》た。

　みさきちゃんは、オフィスを見渡《みわた》してから口《くち》をとがらせる。

「おとん。お盆《ぼん》にイベントの仕事《しごと》なんて、そないないやろ？」

そうなんだ。オフィスはガランとしていて、とっても静《しず》か。

「そりゃそ〜やけどなぁ」

「ほな、ええやろ。か弱《よわ》い小学生《しょうがくせい》たちを、太陽《たいよう》がガンガンに照《て》ってる炎天下《えんてんか》に放《ほう》り出《だ》すつもりかいな？」

お父《とう》さんは、さっと顔《かお》をしかめる。

「誰《だれ》が、か弱《よわ》いねん？」

「うちらや、う・ち・らっ！」

お父《とう》さんは「はぁ」とため息《いき》をつく。

「KTT《ケーティーティー》とか名乗《なの》っとんねんやから、こないなとこでくすぶってへんと、電車《でんしゃ》でどっかへ行《い》ってきたらどうやねん？」

そのとたん、上田《うえだ》がガターンと椅子《いす》を鳴《な》らして立《た》ち上《あ》がり、一礼《いちれい》すると、すっと右手《みぎて》をお父《とう》さんの前《まえ》に差《さ》し出《だ》した。

「おおきに！」

「はぁ!?　なんや、この手《て》は？」

「今《いま》、『どっかへ行《い》ってこい！』って、言《い》いましたやん！」

「それでなんでわしが、上田《うえだ》におこづかいを渡《わた》さなあかんねん？」

上田《うえだ》はにんまり笑《わら》い、両手《りょうて》をすりあわせる。

「電車《でんしゃ》に乗《の》れば『電車賃《でんしゃちん》』がかかりますがな。そこで……ここは儲《もう》かって儲《もう》かってしゃーないちゅう、イベント会社《がいしゃ》の社長《しゃちょう》さんが、『夏休《なつやす》み特別《とくべつ》ボーナス』としてＫＴＴ《ケーティーティー》に日本一《にほんいっ》周旅行《しゅうりょこう》でも、バーンと出《だ》してあげるってのはどーでっか！　ねっ、社長《しゃちょう》！」

日本一周《にほんいっしゅう》!?　すげぇ～上田《うえだ》!!　そこまで言《い》うか!?

パン！

上田《うえだ》の両肩《りょうかた》にお父《とう》さんが音《おと》を立《た》てて手《て》を置《お》くと、そのままがしっしとつかんだ。

「よ～う、わかったでぇ～、上田《うえだ》の気持《きも》ち！」

そう言《い》うと肩《かた》から手《て》を離《はな》し、上田《うえだ》の目《め》を見《み》つめ、パシッと手《て》を握《にぎ》る。

えっ!?　まさかの交渉成立《こうしょうせいりつ》!?

「おぉ～さすが社長《しゃちょう》！　わかってくれはりましたかっ！」

その瞬間《しゅんかん》、みさきちゃんのお父《とう》さんは、上田《うえだ》の手《て》をポーンとはたいて放《ほう》り投《な》げ、かみつくように言《い》った。

「あほか〜い!! そんな金《かね》がどこにあるっちゅうねん!!」

僕《ぼく》と上田《うえだ》とみさきちゃんは、ズコッとすべる。

芝居《しばい》だったのぉ!?

さすがお笑《わら》いの本場《ほんば》、大阪《おおさか》。うかうかできない。

みさきちゃんがすかさず突《つ》っこむ。

「あんだけ言《ゆ》うて、出《だ》してくれへんのかい!」

「金《かね》があったら出《だ》してやりたい

が、わしも『ない袖《そで》は振《ふ》れ〜ん』がな」

お父《とう》さんは、右手《みぎて》を持《も》ち上《あ》げ、ひじから先《さき》をプラプラと振《ふ》りながら、オフィスの奥《おく》の自《じ》分《ぶん》のデスクへすたすたと去《さ》っていく。

「手《て》を振《ふ》っとらんと、お金《かね》の入《はい》った袖《そで》を振《ふ》れ！　袖《そで》を！」

「ほな、しゃ〜ない。せめてクーラーの効《き》いた会議室《かいぎしつ》でごゆっくりどうぞ〜」

そのままパーティションの角《かど》を曲《ま》がっていった。

上田《うえだ》は、ガシャンと音《おと》を立《た》てて再《ふたた》び椅子《いす》に座《すわ》る。

「雄太《ゆうた》らはええよなぁ。どっかのボンボンに、北海道《ほっかいどう》に連《つ》れていってもろてぇ……」

どっかのボンボンって……。

「『ルヒタンシュタイン公国《こうこく》』の公子《こうし》だって、言《い》ったでしょ」

KTT《ケーティーティー》の三人《にん》には、レオンと北海道新幹線《ほっかいどうしんかんせん》に乗《の》って函館《はこだて》に行《い》ったことや、真岡鐵道《もおかてつどう》のことを話《はな》してあった。

「る、る、るひ、るひ、るひゅてんしゅるんしゅるん？　覚《おぼ》えられへんねん」

横《よこ》に座《すわ》っていたみさきちゃんが、パシーンと上田《うえだ》の後頭部《こうとうぶ》に突《つ》っこむ。

「言《い》いなれへん言葉《ことば》しゃべって、わけがわからんようになりなっ！」

「あふっ！」

頭《あたま》の後《うし》ろをポリポリとかき、ぷぅと口《くち》をとがらせる上田《うえだ》。

それを放《ほう》っておいて、みさきちゃんは身《み》を乗《の》り出《だ》して僕《ぼく》の顔《かお》を見《み》る。

「雄太君《ゆうたくん》らは、そのおかげで北海道新幹線《ほっかいどうしんかんせん》に乗《の》れたんよなぁ。関西《かんさい》にもお金持《かねも》ちの王子《おうじ》さまが現《あらわ》れへんかなぁ？」

僕《ぼく》は、レオンに初《はじ》めて出会《であ》った時《とき》のことを思《おも》い出《だ》した。

北陸新幹線《ほくりくしんかんせん》の中《なか》で、レオンは「私《わたし》はスパイで悪《わる》いやつらから追《お》われている」と言《い》って、助《たす》けを求《もと》めてきた。それで僕《ぼく》らは、悪《わる》いやつらから逃《に》がそうとして……本当《ほんとう》に大変《たいへん》な経験《けいけん》をしたんだ。思《おも》わず、ため息《いき》がもれてしまう。

「まぁ、そんなえぇ話《はなし》が、ゴロゴロ転《ころ》がっとるわけないわなぁ～」

上田《うえだ》がポケットから、せんすを出《だ》してパタっと広《ひろ》げ、パタパタあおる。

「白馬《はくば》にまたがった王子《おうじ》さまはやってけえへん、ちゅうことかぁ～」

そこへ、みさきちゃんのお父《とう》さんが再《ふたた》び顔《かお》を出《だ》す。

「王子《おうじ》さま、王子《おうじ》さまってわしのことを呼《よ》んだか〜？」

ジィジィ！　ジィイイン！　ジイジイィイ！　ジィイイイイイイイイイ！

窓《まど》の外《そと》から、暑《あつ》っ苦《くる》しいアブラゼミの声《こえ》が聞《き》こえてくる。
寒《さむ》すぎるギャグのせいで、会議室《かいぎしつ》の空気《くうき》は二度《ど》ほど下《さ》がった。
『はぁ〜ぁ……』
僕《ぼく》らは顔《かお》を見《み》あわせて、大《おお》きなため息《いき》をつく。
唯一《ゆいいつ》、みさきちゃんだけがお約束《やくそく》どおり、突《つ》っこみ返《かえ》した。
「どこをどう見《み》たら、おとんが王子《おうじ》さまやねんっ！」
僕《ぼく》のケータイの呼《よ》び出《だ》し音《おん》が鳴《な》ったのは、その時《とき》だった。
シュポォオオオオオ！　シュポォオオオオオ！　シュポォオオオオオ！
呼《よ》び出《だ》し音《おん》は、蒸気機関車《じょうききかんしゃ》の警笛《けいてき》にしてあるんだ。
ケータイをポケットから取《と》り出《だ》し、画面《がめん》を見《み》た。

「あれ？　未来《みらい》だ」

「未来《みらい》ちゃんから!?　私《わたし》もお話《はなし》した〜い!!」

元気《げんき》よく手《て》を挙《あ》げてみさきちゃんが言《い》うので、僕《ぼく》は「OK《オーケー》！」とタッチパネルの『スピーカー』って表示《ひょうじ》に触《ふ》れてから、テーブルの上《うえ》にケータイを置《お》いた。

こうすると、未来《みらい》の声《こえ》がスピーカーから出《で》て、みんなで話《はな》せるんだ。

「もしもし、未来《みらい》？　夏休《なつやす》みはどう？」

《私《わたし》は、電車《でんしゃ》を撮《と》りまくりよっ！　雄太《ゆうた》は元気《げんき》〜？》

はしゃぐような未来《みらい》の声《こえ》が、

楽《たの》しんでる感《かん》じをビシビシ伝《つた》えてくる。
小笠原未来《おがさわらみらい》は『撮《と》り鉄《てつ》』。鉄道写真《てつどうしゃしん》を撮《と》るのが大好《だいす》きな女《おんな》の子《こ》だ。
「未来《みらい》ちゃん、ええなぁ〜。私《わたし》も、たまには関西以外《かんさいいがい》の電車《でんしゃ》の音《おと》を録《と》りたいわぁ」
《あ〜その声《こえ》は、みさきちゃん！　今日《きょう》はKTT《ケーティーティー》が集《あつ》まっているの？》
未来《みらい》には、お盆近辺《ぼんきんぺん》に、関西《かんさい》に行《い》くことは伝《つた》えていた。
「萌《もえ》ちゃんだけは、ピアノの練習《れんしゅう》でおらへんけどなぁ」
「俺《おれ》もおるでぇ〜、未来《みらい》ちゃ〜ん」
上田《うえだ》は口《くち》の横《よこ》に両手《りょうて》を当《あ》てて、スピーカーに向《む》かって声《こえ》をかける。
《上田君《うえだくん》も久《ひさ》しぶりだねっ！》
「それで、どうしたの？　未来《みらい》」
《そうそう。あのね、今《いま》、松山《まつやま》のおばあちゃんのところへ遊《あそ》びにきてるんだけどね》
「四国《しこく》の？」
《うん！》
「ええなぁ〜。松山《まつやま》といえば、伊予鉄道《いよてつどう》、道後温泉《どうごおんせん》、松山城《まつやまじょう》やなぁ」

腕《うで》を組《く》んだ上田《うえだ》は、フンフンとうなずく。
《さすが上田君《うえだくん》！　私鉄《してつ》は上田君《うえだくん》のものだもんね〜》
「松山市内《まつやましない》に走《はし》っている路面電車《ろめんでんしゃ》、もう乗《の》った？」
《もちろん！　かわいい路面電車《ろめんでんしゃ》にも、蒸気機関車《じょうききかんしゃ》にも乗《の》ったよ！》
『蒸気機関車《じょうききかんしゃ》!?』
僕《ぼく》と上田《うえだ》とみさきちゃんは、思《おも》わず身《み》を乗《の》り出《だ》した。
《うん。小《ちい》さな蒸気機関車《じょうききかんしゃ》が、マッチ箱《ばこ》みたいな小《ちい》さな客車《きゃくしゃ》を牽《ひ》いて走《はし》っててかわいいの》
「うわぁ〜、その列車《れっしゃ》、どんな音《おと》がすんねんやろ!?」
みさきちゃんは目《め》をキラキラさせる。
「四国《しこく》は一度《いちど》も行《い》ったことがないからなぁ。ええなぁ。行《い》ってみたいなぁ〜」
上田《うえだ》はぼやきながら、両手《りょうて》を首《くび》の後《うし》ろで組《く》んだ。
《でしょ〜？　だから、明日《あした》からみんなでこっちへ来《こ》ない？》
『四国《しこく》に!?』
《そう！　みんなで一緒《いっしょ》に四国《しこく》の鉄道《てつどう》に乗《の》ろうよ！》

「そりゃ〜行《い》きたいけどなぁ……」

上田《うえだ》がチロリと、みさきちゃんのお父《とう》さんを見《み》た。

お父《とう》さんは、「そんなお金《かね》ない！　ないよっ！」と言《い》わんばかりに、眉《まゆ》を寄《よ》せて、ブンブンと右手《みぎて》を左右《さゆう》に振《ふ》っている。

「先立《さきだ》つものがない……らしいわぁ」


『はぁ〜ぁ』


なぜか、お父《とう》さんまで交《ま》じって、僕《ぼく》らは全員《ぜんいん》でため息《いき》をついた。

《そうじゃないかなーとは思《おも》ったんだけど……高松《たかまつ》だったらどう？》

「高松《たかまつ》？」

みさきちゃんが僕《ぼく》を見《み》たので、ケータイを使《つか》って運賃《うんちん》を調《しら》べることにする。

「ちょっと待《ま》ってね」

「それで高松《たかまつ》まで行《い》ったら、そのあとはどうなるんや？」

上田《うえだ》の質問《しつもん》に、未来《みらい》は意外《いがい》な答《こた》えを返《かえ》してきた。

《うちって四国《しこく》に親《しん》せきが多《おお》いの。だから、お盆《ぼん》に電車《でんしゃ》に乗《の》って親《しん》せきまわりをしようと思《おも》っていたの。だけどお父《とう》さんが、私一人《わたしひとり》で旅行《りょこう》するのはダメだって。せっかく四国《しこく》に来《き》たのに、松山《まつやま》から出《で》られなくて。……心配《しんぱい》なんだってさ》

未来《みらい》はちょっと不満《ふまん》そうだったけど、お父《とう》さんの気持《きも》ちは僕《ぼく》にはよ～くわかる。

だって、未来《みらい》は遅刻魔《ちこくま》なんだもん。

四国《しこく》は列車本数《れっしゃほんすう》も少《すく》なめだから変《へん》なところで遅刻《ちこく》しちゃったら、駅《えき》でキャンプなんてことだってありえないわけじゃない。

《せっかく四国《しこく》にいるのに、自由《じゆう》に電車《でんしゃ》に乗《の》れないなんて、悔《くや》しいし、もったいないじゃない？》

「確《たし》かに」

僕《ぼく》はうなずいた。四国《しこく》には、おもしろい電車《でんしゃ》がいっぱいあるからね。

「それで、父《とう》さんと電話《でんわ》している時《とき》に、雄太《ゆうた》なんか今頃《いまごろ》、関西《かんさい》の電車《でんしゃ》に乗《の》りまくっているのに……って言《い》っちゃったの」

僕《ぼく》とみさきちゃん、そして上田《うえだ》は顔《かお》を見《み》あわせた。僕《ぼく》らのほうは、先立《さきだ》つものがなくて、電車《でんしゃ》に乗《の》りまくるどころか、毎日《まいにち》、電車《でんしゃ》の話《はなし》をしているだけなんだけど。

未来《みらい》の話《はなし》は続《つづ》く。

《そしたら、お父《とう》さんが『雄太君《ゆうたくん》たちが一緒《いっしょ》に行《い》ってくれたら、安心《あんしん》だけどな。四国《しこく》の費《ひ》用《よう》は、父《とう》さんが出《だ》してあげるから聞《き》いてみてよ』って。それにちょっと頼《たの》みたいことも》

……頼《たの》みたいこと？　それってなに？

僕《ぼく》が聞《き》き返《かえ》そうとした瞬間《しゅんかん》、上田《うえだ》が、机《つくえ》をバンとたたいて立《た》ち上《あ》がった。

「っていうことはつまり！　高松《たかまつ》まで行《い》けば、あとはタダってことかいなっ!!」

スパ――――――ン!!

瞬時《しゅんじ》にみさきちゃんが、上田《うえだ》の頭《あたま》に突《つ》っこむ！

うわぁ〜、竹《たけ》を割《わ》ったようないい音《おと》。

「いきなり、いやらしいこと言《い》いなっ！」

最初《さいしょ》の頃《ころ》は、こういう関西《かんさい》のボケとツッコミに僕《ぼく》はめちゃくちゃ驚《おどろ》いていたけど、KT《ケーティー》のみんなと遊《あそ》んでいるうちに、なれてきた。これはコミュニケーションなんだって、ようやくわかってきた。

要《よう》するに、関西《かんさい》ではこれが「普通《ふつう》」で「あいさつ」がわりらしい。

ケータイの向《む》こうから、未来《みらい》の笑《わら》い声《ごえ》が聞《き》こえる。

《そうだよ〜。四国内《しこくない》のきっぷは全部《ぜんぶ》こっちで用意《ようい》するよ。しかも！　高松《たかまつ》、高知《こうち》、松山《まつやま》では親《しん》せきの家《いえ》に泊《と》めてもらえるから、宿《やど》の心配《しんぱい》もいらないからね》

『うわぁぁぁぁぁぁぁぁぁぁぁぁぁ！』

僕《ぼく》らは一気《いっき》に盛《も》りあがった。

「こら、行《い》かな損々《そんそん》やがなっ！」

「やったぁ〜！　四国《しこく》の列車《れっしゃ》の音《おと》を録《と》りにいけるぞぉ！」

上田《うえだ》とみさきちゃんが、パチンパチンとお互《たが》いの手《て》を合《あ》わせる。

僕《ぼく》は運賃《うんちん》を検索《けんさく》したケータイの画面《がめん》を見《み》て、二人《ふたり》に言《い》った。

「大阪《おおさか》から高松《たかまつ》までは、JR《ジェイアール》の在来線《ざいらいせん》で小人一人《こどもひとり》、二三一〇円《えん》。これくらいだったら、僕《ぼく》は父《とう》さんからもらえると思《おも》うから大丈夫《だいじょうぶ》。上田《うえだ》とみさきちゃんは？」

僕《ぼく》の家《いえ》では旅行《りょこう》へ行《い》くことについては、わりとOK《オーケー》してくれる。

それは父《とう》さんが、「列車旅行《れっしゃりょこう》は鉄育《てついく》」という考《かんが》えの鉄道好《てつどうず》きだからだ。

鉄道《てつどう》で勉強《べんきょう》するのを『鉄育《てついく》』っていうんだって！

考《かんが》えてみれば、確《たし》かに、路線図《ろせんず》は地理《ちり》、時刻表《じこくひょう》は時間《じかん》の使《つか》いかた、電車賃《でんしゃちん》の計算《けいさん》は算数《さんすう》、駅名《えきめい》は漢字《かんじ》の勉強《べんきょう》になるよね。

「ほな、往復《おうふく》で一人《ひとり》五〇〇〇円《えん》あればええ、ちゅうこっちゃなっ！」

みさきちゃんと上田《うえだ》はバッと振《ふ》り向《む》いて、みさきちゃんのお父《とう》さんをひたっと見《み》た。そのまま、じいっと見《み》つめ続《つづ》ける。

「……ひっ、一人《ひとり》五〇〇〇円《えん》!?」

お父《とう》さんの額《ひたい》からタラリと汗《あせ》が流《なが》れる。

「そうや、お父《とう》さま」と、みさきちゃん。

「そうですわ、社長《しゃちょう》」と、上田《うえだ》が迫《せま》る。

ついにお父《とう》さんは、ガックシと首《くび》をうなだれた。

「わっ、わかったわい。よっしゃ！　二人《ふたり》の高松《たかまつ》までの電車賃《でんしゃちん》は、わしのおこづかいから出《だ》したるわい！」

『わぁ――――い!!』

二人《ふたり》は跳《と》び上《あ》がって喜《よろこ》んだ。

みさきちゃんのお父《とう》さんは、ケータイに向《む》かってペコリと頭《あたま》を下《さ》げる。

「未来《みらい》ちゃん。今回《こんかい》はＫＴＴ《ケーティーティー》がお世話《せわ》になりますが、お父《とう》さんにもどうぞよろしゅうに……」

《い、いえ、こちらこそ》

「いやぁ〜それにしても暑《あつ》い日《ひ》が続《つづ》きまんなぁ。ほんま溶《と》けてしまいそうですなぁ」

《はぁ……そうですね》

「それでねっ、未来《みらい》ちゃん。うちのみさきは最近《さいきん》、わしの言《い》うことをまったく聞《き》い――」

「はいはい。そんなことは、ええちゅうねん」

みさきちゃんはお父《とう》さんの言葉《ことば》をきっぱりとさえぎった。

「よーし！　ほな、どんな列車《れっしゃ》に乗《の》って四国《しこく》まわるか決《き》めようかぁ〜!!」

上田《うえだ》がそう言《い》うと、僕《ぼく》らはいっせいに手《て》を挙《あ》げた。

『お――――う!!』

夏《なつ》の強《つよ》い日差《ひざ》しが差《さ》しこむ会議室《かいぎしつ》に、僕《ぼく》らの喜《よろこ》びの声《こえ》が響《ひび》きわたった。

2 KTT《ケーティーティー》と四国《しこく》へ！

さすがに翌日《よくじつ》、というわけにもいかなくて、それから二日後《ふつかご》。出発《しゅっぱつ》の日《ひ》がやってきた。

待《ま》ち合《あ》わせは金曜日《きんようび》の朝《あさ》7時半《じはん》。場所《ばしょ》は大阪駅《おおさかえき》・4番線《ばんせん》の先頭車《せんとうしゃ》の辺《あた》り。

四国《しこく》へ渡《わた》るにはいろいろなルートがあるけど、鉄道《てつどう》ファンなら一《ひと》つしかないよね！

少《すこ》し早《はや》く着《つ》いた僕《ぼく》は、『みどりの窓口《まどぐち》』で駅員《えきいん》さんから高松《たかまつ》までの乗車券《じょうしゃけん》を買《か》う。

それから改札《かいさつ》を通《とお》り、4番線《ばんせん》ホームに向《む》かう階段《かいだん》を駆《か》けあがる。先頭車《せんとうしゃ》の停車予定位置《ていしゃよていいち》まで行《い》くと、もう、みさきちゃんが来《き》ているのが見《み》える。

今日《きょう》は夏《なつ》らしく、黄色《きいろ》のショートパンツにボーダーのシャツ。

耳《みみ》にはヘッドフォンをかけていて、目《め》を閉《と》じ、IC《アイシー》レコーダーを右手《みぎて》にかかげて、ホームから走《はし》り去《さ》っていく電車《でんしゃ》の音《おと》を録《と》っていた。

さすが、みさきちゃん！　早《はや》めに来《き》て録音《ろくおん》してるなんて。

邪魔《じゃま》しちゃ悪《わる》いもんね。

僕《ぼく》は足音《あしおと》を立《た》てないように、ソロソロと近《ちか》づいた。

みさきちゃんは離《はな》れていく電車《でんしゃ》に合《あ》わせるように、体《からだ》を回《まわ》していた。

そして、電車《でんしゃ》が見《み》えなくなると、ウンと小《ちい》さくうなずいて、くるっと振《ふ》り返《かえ》った。

「うわぁ――!!　雄太君《ゆうたくん》!?」

目《め》の前《まえ》に立《た》っていた僕《ぼく》を見《み》て、こっちがびっくりするほど、みさきちゃんが驚《おどろ》いて、後《あと》ずさった。

「あぶない！」

僕《ぼく》は思《おも》わずみさきちゃんの手《て》を握《にぎ》

った。まだ十分余裕《じゅうぶんよゆう》はあったけど、バランスを崩《くず》してホームの端《はし》っこから落《お》ちたりしたら大変《たいへん》だから。

「ごめん。……いきなり目《め》の前《まえ》にいて……」

「ううん、大《おお》きな声出《こえだ》してごめんね」

その時《とき》、後《うし》ろから大《おお》きな声《こえ》がした。

「なっ、なにをこんなとこで、朝《あさ》からイチャついとんねん！」

二人《ふたり》で振《ふ》り返《かえ》ると、上田《うえだ》が僕《ぼく》らをビシッと右手《みぎて》で指差《ゆびさ》していた。

『え？　誰《だれ》が？』

みさきちゃんと僕《ぼく》はお互《たが》いの顔《かお》を見《み》あわせた。それからはっとして、僕《ぼく》はみさきちゃんの手《て》を放《はな》した。

「そういうのは……人《ひと》のおらんとこでやらんかいな」

上田《うえだ》は帽子《ぼうし》のツバをくるりと後《うし》ろへ向《む》ける。上《うえ》は黒《くろ》いT《ティー》シャツ、下《した》はチノパンというラフなファッションが似合《にあ》っている。

「ご、誤解《ごかい》だよ、上田《うえだ》……」

僕《ぼく》はあせって答《こた》えたが、みさきちゃんはエヘヘと笑《わら》う。

「まぁ、ええやん。いつかはバレることやしっ」

なに言《い》ってんの!? みさきちゃん!

そこへ、京都方面《きょうとほうめん》から電車《でんしゃ》がやってきたので、話《はなし》の流《なが》れを変《か》えなくちゃと声《こえ》をあげた。

「あ、あれに乗《の》るんだよ!」

やってきたのは、銀《ぎん》の車体《しゃたい》に青《あお》と茶《ちゃ》と白《しろ》の細《ほそ》いラインの入《はい》った223系《けい》。

正面《しょうめん》は三枚《まい》ガラスとなっていて、右上《みぎうえ》には行《い》き先《さき》の「姫路《ひめじ》」、真《ま》ん中《なか》には列車種別《れっしゃしゅべつ》の「新快速《しんかいそく》」と表示《ひょうじ》されている。

大《おお》きな窓《まど》の下《した》には四《よっ》つのヘッドライトが、ピカッと輝《かがや》いていた。

電車《でんしゃ》は4番線《ばんせん》に停車《ていしゃ》し、扉《とびら》が両側《りょうがわ》に開《ひら》いた。僕《ぼく》らはさっそく中《なか》へ乗《の》りこむ。

「おぉ、さすがの関西《かんさい》。やっぱりクロスシートだね」

223系《けい》は進行方向《しんこうほうこう》に向《む》かって、座席《ざせき》が並《なら》ぶ転換《てんかん》クロスシート。

電車《でんしゃ》の向《む》きに合《あ》わせて、背《せ》もたれをガチャンと動《うご》かして前後《ぜんご》を変《か》えられるんだ。

「関西《かんさい》の電車《でんしゃ》のシートは、関東《かんとう》には負《ま》けへんからなぁ」

胸《むね》を張《は》った上田《うえだ》の頭《あたま》を、みさきちゃんが後《うし》ろからチョンと突《つ》く。

「なに、自分《じぶん》の家《いえ》のことみたいに言《ゆ》うてんねん」

「関西《かんさい》の電車《でんしゃ》がほめられたら、自分《じぶん》のことのようにうれしいやん？」

「そこはわからんでもないなぁ」

二人《ふたり》がフンフンとうなずく。その間《あいだ》に、ドアが閉《し》まって電車《でんしゃ》は走《はし》りだした。

関東《かんとう》よりも関西《かんさい》のほうが、シートの質《しつ》がいいのはいくつか理由《りゆう》がある。

一《ひと》つは朝《あさ》のラッシュの混雑具合《こんざつぐあい》。

関東《かんとう》では一人《ひとり》でも多《おお》く乗《の》せるため、進行方向《しんこうほうこう》に横向《よこむ》きに座《すわ》るロングシートが多《おお》い。座《すわ》れる人《ひと》は少《すく》なくなるけど、シートに場所《ばしょ》を取《と》られないので車両《しゃりょう》にたくさんの人《ひと》を乗《の》せられるから。

もう一《ひと》つ理由《りゆう》がある。たとえば大阪《おおさか》から和歌山市《わかやまし》までは南海《なんかい》、神戸《こうべ》から大阪《おおさか》は阪急《はんきゅう》と阪《はん》神《しん》、大阪《おおさか》から京都《きょうと》は、阪急《はんきゅう》と京阪《けいはん》といった感《かん》じで、私鉄《してつ》がJR《ジェイアール》と並走《へいそう》しているケースが多《おお》いから、どうしてもサービス合戦《がっせん》になっちゃうんだって。

だから、関西《かんさい》ではたくさんの人《ひと》が座《すわ》れるクロスシートが多《おお》く採用《さいよう》されているんだ。

運転台《うんてんだい》に一番近《いちばんちか》いシートまで歩《ある》いて、僕《ぼく》らは向《む》かいあわせの四人席《よにんせき》に座《すわ》った。

「ほな、未来《みらい》ちゃんとこへ出発《しゅっぱつ》や！」

『おーーーう!!』

上田《うえだ》に続《つづ》いて、僕《ぼく》とみさきちゃんは元気《げんき》よく手《て》を挙《あ》げた。

僕《ぼく》らの四国《しこく》への旅《たび》の始《はじ》まりだ。


7時《じ》56分《ぷん》に大阪《おおさか》を出発《しゅっぱつ》した新快速《しんかいそく》は、約《やく》一時間後《じかんご》の9時《じ》4分《ぷん》に兵庫県《ひょうごけん》・姫路駅《ひめじえき》の8番線《ばんせん》に到着《とうちゃく》。ホームを横切《よこぎ》り、7番線《ばんせん》にすでに停車《ていしゃ》していた9時《じ》11分《ぷん》発《はつ》の播州《ばんしゅう》赤穂《あこう》行《いき》・各駅停《かくえきてい》車《しゃ》に乗《の》り換《か》えた。

そこから、五駅先《えきさき》の相生《あいおい》に9時半《じはん》ちょうどに到着《とうちゃく》。今度《こんど》は二分後《ふんご》の9時《じ》32分《ふん》発《はつ》岡山行《おかやまいき》、各駅停車《かくえきていしゃ》に乗《の》り換《か》える。

相生《あいおい》から岡山《おかやま》までは約《やく》一時間《じかん》。10時《じ》38分《ぷん》に岡山駅《おかやまえき》の2番線《ばんせん》へ到着《とうちゃく》した。

ここは屋根《やね》がスレート板《ばん》っていう波板《なみいた》で作《つく》られている、ちょっとレトロな感《かん》じのする駅《えき》。

ホームへ降《お》りた僕《ぼく》は、体《からだ》をグゥと伸《の》ばして深呼吸《しんこきゅう》した。

各駅停車《かくえきていしゃ》を次《つぎ》から次《つぎ》へと乗《の》り換《か》えてたから、僕《ぼく》は、『青春《せいしゅん》18きっぷ』でT3《ティースリー》のメンバーと旅《たび》したことを思《おも》い出《だ》していた。神奈川《かながわ》から山口《やまぐち》までの、長《なが》くて楽《たの》しい電車《でんしゃ》の旅《たび》を。

ちなみに、T3《ティースリー》は僕《ぼく》と未来《みらい》が入《はい》っている、小学生《しょうがくせい》が電車《でんしゃ》で旅行《りょこう》するチーム。

本当《ほんとう》の名前《なまえ》は『Train Travel Team《トレイン・トラベル・チーム》』だけど、みんな略《りゃく》してT3《ティースリー》って呼《よ》んでいる。

T3《ティースリー》には僕《ぼく》と未来《みらい》のほかに、『時刻表鉄《じこくひょうてつ》』の的場大樹《まとばたいき》、『鉄道初心者《てつどうしょしんしゃ》』の今野七海《こんのななみ》ちゃんと、『F5《エファ》』っていうアイドルグループの森川《もりかわ》さくらちゃんがいる。この春《はる》、さくらちゃんはアメリカに行《い》ってしまったんだけどね。

「ちょっと、なつかしいな……」

「なつかしいって雄太君《ゆうたくん》、住《す》んでるのは神奈川《かながわ》やから、遠《とお》く離《はな》れた岡山《おかやま》はあんまり関係《かんけい》ないんちゃう？」

「それがあるんだ。岡山《おかやま》には、青春《せいしゅん》18きっぷで山口《やまぐち》まで行《い》った時《とき》にも下車《げしゃ》したし、『サンライズ出雲《いずも》』で島根《しまね》へ行《い》った時《とき》は、連結《れんけつ》を切《き》り離《はな》すのを見《み》たりして、いろいろと思《おも》い出《で》のある駅《えき》なんだ」

サンライズ出雲《いずも》と瀬戸《せと》の切《き》り離《はな》しをT3《ティースリー》のメンバーと一緒《いっしょ》に見《み》たことを、昨日《きのう》のように思《おも》い出《だ》してしまう。

みさきちゃんは、そうかぁとうなずく。

「なるほどなぁ！　家《いえ》から離《はな》れている駅《えき》やのに『帰《かえ》ってきた〜』って思《おも》う……そういう駅《えき》やね」

「まさしくそれ！　僕《ぼく》にとって岡山《おかやま》ってそういう駅《えき》なんだ」

線路《せんろ》をまたぐ歩道橋《ほどうきょう》のような跨線橋《こせんきょう》の階段《かいだん》を上《のぼ》っていると、前《まえ》を歩《ある》いていた上田《うえだ》が振《ふ》り返《かえ》った。

「次《つぎ》は何番線《なんばんせん》や？」

「8番線《ばんせん》だよっ！」

「よっしゃ」

跨線橋《こせんきょう》を渡《わた》り、ダダッと階段《かいだん》を下《くだ》ってプラットホームに降《お》り立《た》った上田《うえだ》は、ふと天井《てんじょう》を見上《みあ》げて口《くち》をぽかんと開《あ》けた。

「なんやねん？　これ」

みさきちゃんも、上《うえ》を見《み》ながら首《くび》をぐるりとまわしてつぶやく。

「うわ。なんで一《ひと》つのホームに、こんなにたくさんの『番線《ばんせん》』があんねん？」

二人《ふたり》が驚《おどろ》いたのは天井《てんじょう》から吊《つ》られた案内板《あんないばん》に、番線名《ばんせんめい》が『⑤⑥⑦⑧』と四《よっ》つも書《か》いてあったからだ。

僕《ぼく》はジャーンと右手《みぎて》を広《ひろ》げた。

「なんと、岡山駅《おかやまえき》には四《よっ》つも番《ばん》線《せん》があるホームがあるんだっ！」

『よ、四《よっ》つ!?』

島式《しましき》ホームだったら、普通《ふつう》は右側《みぎがわ》と左側《ひだりがわ》しかないけど、ここには前《まえ》にも後《うし》ろにもある。

首《くび》をひねっている二人《ふたり》に、僕《ぼく》は説明《せつめい》を始《はじ》めた。

「まず右《みぎ》にあるのが8番線《ばんせん》で、左《ひだり》が6番線《ばんせん》。ここまでは普通《ふつう》なんだけど……」

僕《ぼく》は右《みぎ》の奥《おく》を指差《ゆびさ》して続《つづ》ける。

「この8番線《ばんせん》のずっと先《さき》は、ホームが半分《はんぶん》に切《き》ってあって、そこに7番線《ばんせん》、そして6番線《ばんせん》の先《さき》にも同《おな》じように5番線《ばんせん》があるんだっ！」

「私《わたし》、見《み》てくるわ〜!!」

みさきちゃんが走《はし》りだした。

「お〜い!!　遅《おく》れなやぁ。俺《おれ》らが乗《の》るのは『快速《かいそく》マリンライナー23号《ごう》』やからなぁ〜!!」

みさきちゃんが「は〜い」と手《て》を挙《あ》げるのが見《み》える。

しばらくすると、8番線《ばんせん》には銀《ぎん》の車体《しゃたい》の列車《れっしゃ》が、高松方面《たかまつほうめん》からやってきた。

列車名表示《れっしゃめいひょうじ》には『快速《かいそく》マリンライナー』とある。

電車《でんしゃ》を見《み》た上田《うえだ》は、「う〜ん」とうなる。

「どうしたの？」

「快速《かいそく》マリンライナーって、めっちゃかっこええ名前《なまえ》の電車《でんしゃ》やのに、これ関西《かんさい》でよう見《み》かける223系《けい》やん」

と唇《くちびる》をとがらせている。

最初《さいしょ》はみんなそう思《おも》っちゃうんだよねぇ。

「まぁまぁ、先頭《せんとう》へ行《い》こうよ」

「先頭《せんとう》？」

「？」って顔《かお》をした上田《うえだ》をうながして、二人《ふたり》で先《さき》をめざして歩《ある》く。

快速《かいそく》マリンライナー23号《ごう》は五両編成《りょうへんせい》なので、階段近《かいだんちか》くのホームの真《ま》ん中《なか》からなら、四〇メートルも歩《ある》けば先頭車《せんとうしゃ》に到達《とうたつ》する。

先頭《せんとう》が見《み》えたとたん、上田《うえだ》の目《め》が輝《かがや》きだした。

「うおぉ!!　先頭車《せんとうしゃ》だけダブルデッカーになってんのか――!!」

「快速《かいそく》マリンライナーって、後《うし》ろのほうは２２３系《けい》と同《おな》じ感《かん》じなんだけど、前《まえ》のほうは５０００系《けい》っていう二階建《かいだ》て車両《しゃりょう》なんだよ」

ちなみに、ダブルデッカーっていうのは二階建《かいだ》て車《しゃ》って意味《いみ》なんだ。

タッと走《はし》り、上田《うえだ》は先頭《せんとう》から電車《でんしゃ》を見《み》つめ、感心《かんしん》したようにうなずく。

「頭《あたま》が違《ちが》うだけで、めっちゃかっこええなっ！」

ケータイを取《と》り出《だ》した上田《うえだ》は、カメラに切《き》り替《か》えてパシャリと撮《と》った。

二《ふた》つのヘッドライトを輝《かがや》かせる５０００系《けい》は、屋根《やね》がツルンとした逆U字形《ぎゃくユーじがた》をしていて、ドラゴンと戦《たたか》うゲームに出《で》てくるヘルメットをかぶった騎士《きし》みたいな顔《かお》をしている。二階席《かいせき》の窓《まど》は、そんな車両《しゃりょう》の形《かたち》に合《あ》わせて大《おお》きくカーブを描《えが》いていた。

おでこ部分《ぶぶん》にはＬＥＤ《エルイーディー》で、「高松《たかまつ》」「快速《かいそく》マリンライナー」と表示《ひょうじ》されている。側面《そくめん》には紺《こん》やピンクのラインが入《はい》り、英語《えいご》で大《おお》きく「MARINE《マリン》 LINER《ライナー》」と書《か》かれていた。

そこへホームの見学《けんがく》を終《お》えたみさきちゃんが戻《もど》ってきた。

「ねぇ、ねぇ！　『快速《かいそく》』ってことは、乗車券《じょうしゃけん》だけで、この車両《しゃりょう》に乗《の》ってええの!?」

ワクワクした顔《かお》でみさきちゃんが、ピッと1号車《ごうしゃ》を指《さ》して聞《き》く。

「それがねぇ〜。1号車《ごうしゃ》の一階《いっかい》は指定席《していせき》で、五二〇円《えん》。一階《いっかい》の最前列《さいぜんれつ》と二階《かい》はグリーン車《しゃ》で、九八〇円《えん》の追加料金《ついかりょうきん》がかかっちゃうんだ」

「え〜っ快速《かいそく》なのにぃ？」

がくっと、肩《かた》を落《お》としたみさきちゃんをなぐさめるように僕《ぼく》は言《い》った。

「でも二両目以降《りょうめいこう》だったら、乗車券《じょうしゃけん》だけで乗《の》れるんだよ」

「しゃーない、しゃーない。世《よ》の中《なか》、ぜいたくするには、先立《さきだ》つものがいるっちゅうことや」

お金《かね》のことに関《かん》しては、上田《うえだ》はいつも超現実的《ちょうげんじつてき》だ。

「あ〜ぁ。私《わたし》もお嬢《じょう》さまに生《う》まれるか、王子《おうじ》さまに声《こえ》かけられたいわぁ〜」

「まぁまぁ、みさきちゃん。景色《けしき》だけなら普通車《ふつうしゃ》からでもビシッと見《み》られるからさっ」

「ほんまか？　雄太君《ゆうたくん》」

僕《ぼく》はうなずきながら、少《すこ》し丸《まる》まったみさきちゃんの背中《せなか》を押《お》して2号車《ごうしゃ》へ入《はい》った。

フィイイイイイイイイイイイイイイイイイイ……。

岡山《おかやま》は発車《はっしゃ》メロディではなく、電子音《でんしおん》の発車《はっしゃ》ベル。

《8番線《ばんせん》よりマリンライナー高松行《たかまついき》が発車《はっしゃ》します。ドア閉《し》まります。閉《し》まるドアにご注意《ちゅうい》ください》

駅員《えきいん》さんのアナウンスに続《つづ》いて、扉《とびら》がプシュと閉《し》まる。

10時《じ》53分《ぷん》。マリンライナーはすべるように岡山《おかやま》を出発《しゅっぱつ》した。

「ほら、自由席《じゆうせき》っていっても、ちゃんとクロスシートだしね」

「せやね。ロングシートじゃないだけええな」

僕《ぼく》らは、黄土色《おうどいろ》の背《せ》もたれをガシャンと動《うご》かして四人席《よにんせき》を作《つく》った。

進行方向《しんこうほうこう》を向《む》く座席《ざせき》の窓際《まどぎわ》にみさきちゃん、その前《まえ》に上田《うえだ》、僕《ぼく》はみさきちゃんの隣《となり》の通《つう》路《ろ》側《がわ》の席《せき》に座《すわ》った。

岡山《おかやま》を出《で》た電車《でんしゃ》は、しばらくは町中《まちなか》を走《はし》る。

やがてチラチラと車窓《しゃそう》に海《うみ》が見《み》えるようになり、電車《でんしゃ》は高架橋《こうかきょう》で大《おお》きな川《かわ》を渡《わた》った。

児島駅《こじまえき》を出発《しゅっぱつ》すると、遠《とお》くに高《たか》い煙突《えんとつ》を持《も》った工場《こうじょう》が見《み》えた。

「そろそろだよっ！」

僕《ぼく》は二人《ふたり》に合図《あいず》する。

「私《わたし》は走行音《そうこうおん》録《と》らなきゃ――――!!」

ニコッと笑《わら》ったみさきちゃんがIC《アイシー》レコーダーを出《だ》してマイクを立《た》てたので、僕《ぼく》と上田《うえだ》は録音《ろくおん》のじゃまにならないように席《せき》から離《はな》れてドアの前《まえ》へ移動《いどう》する。

この先《さき》は、鉄道絶景《てつどうぜっけい》スポット!

高架《こうか》の上《うえ》を走《はし》る複線《ふくせん》の線路《せんろ》が右《みぎ》へ大《おお》きくカーブし、高速道路《こうそくどうろ》と上下《じょうげ》に重《かさ》なった。

もうすぐ瀬戸大橋《せとおおはし》だ!

四国《しこく》には船《ふね》やバスで渡《わた》る方法《ほうほう》があるけど、鉄道《てつどう》で行《い》けるのはこの瀬戸大橋《せとおおはし》だけ。

そしてついにマリンライナーは、両側《りょうがわ》に鉄《てつ》の柱《はしら》が延々《えんえん》と並《なら》ぶ、瀬戸大橋《せとおおはし》へと突入《とつにゅう》した。

『おぉ〜すごい――――!!』

僕《ぼく》と上田《うえだ》は、思《おも》わずハイタッチ!

瀬戸大橋《せとおおはし》の右《みぎ》にも左《ひだり》にも、バーンと海《うみ》が広《ひろ》がっている。

瀬戸内海《せとないかい》だ。

夏《なつ》の強《つよ》い日差《ひざ》しを受《う》けた海面《かいめん》は、キラキラと輝《かがや》いていた。

足下《あしもと》には青《あお》い海《うみ》が広《ひろ》がり、遠《とお》くには小《ちい》さな島々《しまじま》がポツンポツンと見《み》える。大《おお》きな船《ふね》が白《しろ》い帯《おび》をひいて航行《こうこう》していた。

瀬戸大橋線《せとおおはしせん》は海面《かいめん》から六〇メートル以上《いじょう》も高《たか》いから、大《おお》きな船《ふね》もまるでミニチュアみたいに小《ちい》さく見《み》える。

「人間《にんげん》ってほんまにすごいよなぁ」

しみじみと上田《うえだ》が言《い》った。

「なにが？」

「だって、考《かんが》えてもみい。大人一人《おとなひとり》やったらええとこ五〇キロくらいしか荷物運《にもつはこ》ばれへん。それやのに、脳《のう》みそ使《つか》って、こんな橋《はし》を設計《せっけい》して、必要《ひつよう》な機械《きかい》を作《つく》って、毎日大勢《まいにちおおぜい》で作業《さぎょう》して、最終的《さいしゅうてき》には電車《でんしゃ》が行《い》き交《か》うこんなすごい橋《はし》を海《うみ》の上《うえ》にかけてまうねんでぇ」

「……確《たし》かに、そうだねぇ」

僕《ぼく》らは電車《でんしゃ》に乗《の》ってピュンって通《とお》るだけだけど、それも新幹線《しんかんせん》や駅《えき》やこうした橋《はし》を造《つく》ってくれた大勢《おおぜい》の人《ひと》のおかげなんだよね。

そこへ、瀬戸大橋《せとおおはし》を通《とお》る走行音《そうこうおん》を録《と》っていたみさきちゃんがやってきた。

「ちゃんと録《と》れた？」

右手《みぎて》の親指《おやゆび》を上《あ》げて「バッチリ」と応《こた》えると、みさきちゃんはドアの窓《まど》に顔《かお》をつけ、大《おお》きく目《め》を見開《みひら》いた。

「ほんまにきれいやなぁ!!」

「ねっ。自由席《じゆうせき》からでも、ちゃんと見《み》えるでしょ？」

みさきちゃんはこっくりとうなずく。

「この電車《でんしゃ》は普通車《ふつうしゃ》のドア前《まえ》も『特等席《とくとうせき》』やなっ！」

瀬戸内海《せとないかい》を横切《よこぎ》る瀬戸大橋《せとおおはし》は、全長《ぜんちょう》一万《まん》二三〇〇メートル。そのうち、海《うみ》の上《うえ》を走《はし》る部《ぶ》分《ぶん》は九三六八メートルもある。

海《うみ》の上《うえ》に、白《しろ》い橋脚《きょうきゃく》がずっと続《つづ》いているんだ。

「なあ、雄太君《ゆうたくん》。瀬戸大橋《せとおおはし》って幅《はば》がすっごい余裕《よゆう》があるねんなぁ」

みさきちゃんは、橋《はし》を眺《なが》めながら言《い》った。

確《たし》かに、線路《せんろ》の両側《りょうがわ》には、それぞれ別《べつ》の線路《せんろ》を引《ひ》けるくらいの余裕《よゆう》がある。

「どうしてだろう？　上《うえ》の道路《どうろ》が幅《はば》の広《ひろ》い四車線道路《しゃせんどうろ》だからかな？」

僕《ぼく》は、上《うえ》を走《はし》っている道路《どうろ》を見上《みあ》げる。瀬戸大橋《せとおおはし》は二層《そう》になっていて、下《した》は電車《でんしゃ》が、上《うえ》は車《くるま》が走《はし》るようになってるんだ。

チッチッと舌《した》を鳴《な》らしながら、上田《うえだ》は右《みぎ》の人差《ひとさ》し指《ゆび》を左右《さゆう》に振《ふ》った。

「瀬戸大橋《せとおおはし》には四国《しこく》の人《ひと》の願《ねが》いが乗《の》っとるんや」

「な、なんやねんな格好《かっこう》つけて？」

みさきちゃんは「引《ひ》くわっ」って目《め》で上田《うえだ》を見《み》る。

「『願《ねが》い』って？」

「それは『いつかは新幹線《しんかんせん》がやってくる』っちゅう、四国《しこく》の人《ひと》らの願《ねが》いちゅうか、夢《ゆめ》やな」

『新幹線《しんかんせん》が四国《しこく》に!?』

僕《ぼく》とみさきちゃんは顔《かお》を見《み》あわせた。

だって、九州《きゅうしゅう》にも北海道《ほっかいどう》にも新幹線《しんかんせん》は走《はし》っているけど、「四国新幹線《しこくしんかんせん》」なんて聞《き》いたこともなかったからだ。

「昔《むかし》から構想《こうそう》としてあるんやで、四国新幹線《しこくしんかんせん》は」

「へぇ〜。知《し》らなかったよ」

「瀬戸大橋《せとおおはし》を建設《けんせつ》する頃《ころ》には、計画《けいかく》が進行《しんこう》しとったから、こうやって橋《はし》の幅《はば》は新幹線《しんかんせん》も通《とお》せるように建設《けんせつ》されたんや」

みさきちゃんは線路《せんろ》の両側《りょうがわ》を交互《こうご》に見《み》た。

「じゃあ、いつかあそこに新幹線《しんかんせん》が通《とお》る予定《よてい》なん？」

上田《うえだ》はサラサラとケータイで「瀬戸大橋《せとおおはし》」を検索《けんさく》して目《め》を走《はし》らせる。

「今《いま》はこうやって中央寄《ちゅうおうよ》りに上下線《じょうげせん》が通《とお》っているけど、新幹線《しんかんせん》が来《き》たら俺《おれ》らが今走《いまはし》っているほうに在来線《ざいらいせん》が二本《ほん》、反対側《はんたいがわ》に新幹線《しんかんせん》の上下線《じょうげせん》が走《はし》る計画《けいかく》らしいでぇ」

僕《ぼく》らは上《のぼ》り線《せん》の走《はし》る右側《みぎがわ》の線路《せんろ》を見《み》つめた。

「ここに『新幹線《しんかんせん》が走《はし》る』準備《じゅんび》はもうできてるってことやねんな」

みさきちゃんが胸《むね》に手《て》を置《お》いてしみじみとつぶやいた。上田《うえだ》もうなずく。

「いつか『新幹線《しんかんせん》が通《とお》る』と夢見《ゆめみ》て、瀬戸大橋《せとおおはし》を設計《せっけい》したり、建設《けんせつ》した人《ひと》らがおると思《おも》うと、感動《かんどう》するよなぁ」

「そらぁするわぁ〜！」

「もしかしたら、ここを新幹線《しんかんせん》が走《はし》る」って想像《そうぞう》するのって楽《たの》しいよね。

僕《ぼく》らはそんなことを思《おも》いながら、約十分間《やくじゅっぷんかん》の瀬戸内海《せとないかい》を越《こ》える旅《たび》を楽《たの》しんだ。

やがて左側《ひだりがわ》には石油《せきゆ》を溜《た》めておく大《おお》きなタンクや、モクモクと白《しろ》い煙《けむり》を上《あ》げる煙突《えんとつ》や、造《つく》りかけの大型船《おおがたせん》があるドックや、巨大《きょだい》コンビナートが見《み》えてきた。

線路《せんろ》はグイッと左《ひだり》へ大《おお》きくカーブしながら終点《しゅうてん》へ向《む》かう。

11時《じ》49分《ふん》。快速《かいそく》マリンライナー23号《ごう》は高松《たかまつ》の6番線《ばんせん》へ到着《とうちゃく》。

僕《ぼく》らは、ホームに降《お》り、改札口《かいさつぐち》を目指《めざ》す。

高松《たかまつ》は、頭端式《とうたんしき》と呼《よ》ばれる、先頭《せんとう》が行《い》き止《ど》まりになっているホームがズラリと並《なら》ぶ駅《えき》だ。

改札口《かいさつぐち》は一《ひと》つしかない。ここで未来《みらい》と待《ま》ち合《あ》わせというわけ。

今日《きょう》は遅刻《ちこく》してないといいけど……。

一瞬《いっしゅん》、心配《しんぱい》になったその時《とき》、改札口《かいさつぐち》の向《む》こうでピョンピョンはねながら大《おお》きく手《て》を振《ふ》る未来《みらい》が見《み》えた。

「雄太《ゆうた》～!!　みさきちゃぁ～ん!　上田君《うえだくん》～!!」

未来《みらい》は、デニムの上《うえ》に夏《なつ》らしい白《しろ》いタンクトップを着《き》ていた。

「未来《みらい》ちゃ～ん!!」

みさきちゃんが駆《か》け出《だ》し、改札口《かいさつぐち》を抜《ぬ》けて、未来《みらい》に飛《と》びつく。

「うわ～めっちゃ日焼《ひや》けしてるぅ。海《うみ》でも行《い》ってたん？」

パチンとハイタッチしたみさきちゃんが、目《め》をみはった。未来《みらい》は顔《かお》も肩《かた》も腕《うで》も足《あし》も、「夏《なつ》の日差《ひざ》しで焼《や》けました！」とわかる小麦色《こむぎいろ》に染《そ》まっている。

「ようこそ！　四国《しこく》アイランドへっ！」

未来《みらい》は、上田《うえだ》と僕《ぼく》にも元気《げんき》よくハイタッチ。

「未来《みらい》ちゃん、べっぴんさんになったなぁ」

「ありがとう、上田君《うえだくん》！　ところでみんな、おなかすいていない？」

ケラケラと笑《わら》っている未来《みらい》に、上田《うえだ》がうなずく。

「おぉ～ちょうどええ時間《じかん》やなぁ」

「高松《たかまつ》でお昼《ひる》といえばっ！」

みさきちゃんが右《みぎ》の人差《ひとさ》し指《ゆび》を立《た》てて言《い》った瞬間《しゅんかん》、僕《ぼく》らは目《め》を合《あ》わせた。


『うっど～ん!!』


みんな、打《う》ちあわせしていたように息《いき》ピッタリ。

「じゃあ行《い》こう！　いいお店《みせ》があるの。親《しん》せきのおばちゃんのおすすめだから、きっと美《お》味《い》しいわよ！」

未来《みらい》は自信満々《じしんまんまん》で、ポンと胸《むね》をたたいた。

「四国《しこく》のことは未来《みらい》に任《まか》せるよ」

元気《げんき》よく手《て》を挙《あ》げて「はーい!!」と声《こえ》をあげる未来《みらい》について僕《ぼく》らは歩《ある》きだした。

3 小笠原家《おがさわらけ》の宝物《たからもの》？

香川県《かがわけん》の美味《おい》しい食《た》べ物《もの》っていえば、うどん！

そして香川県《かがわけん》の昔《むかし》の地方名《ちほうめい》はさぬき。

それで、香川県《かがわけん》のうどんは「さぬきうどん」って呼《よ》ばれている。

ちなみに、香川県《かがわけん》の一人《ひとり》あたりのうどん消費量《しょうひりょう》は、ダントツの日本一《にほんいち》なんだって。

だから、香川県《かがわけん》は「うどん県《けん》」ともいわれているんだ。

高松駅《たかまつえき》の周《まわ》りにもうどん屋《や》さんがたくさん。僕《ぼく》らはその中《なか》の一軒《いっけん》に入《はい》った。

「うわぁ～美味《おい》しい」

「絶品《ぜっぴん》やなぁ」

「さぬきうどんは、こしが強《つよ》いんやなぁ」

「クセになるでしょ！」

さぬきうどんには、かむとぐいと押《お》し返《かえ》してくるような弾力《だんりょく》がある。かといってものすごく固《かた》いわけでもなく、ぷつっと歯切《はぎ》れもいい。そしてのどを通《とお》り過《す》ぎる時《とき》は、つるっとなめらか。うどん自体《じたい》に、ちゃんとした存在感《そんざいかん》があるんだ。

おなかいっぱいになった僕《ぼく》らは、駅前《えきまえ》の道《みち》をゆっくり歩《ある》きだした。

今日《きょう》の泊《と》まりは、この近《ちか》くに住《す》む「祥子《しょうこ》おばさん家《ち》」。

未来《みらい》のお父《とう》さんは三人兄弟《にんきょうだい》で、この祥子《しょうこ》おばさんが一番上《いちばんうえ》、未来《みらい》のお父《とう》さんが真《ま》ん中《なか》、そして明日《あした》泊《と》めてもらう高知《こうち》の美代《みよ》おばさんが末《すえ》っ子《こ》なのだそう。

まだ夕方《ゆうがた》までは時間《じかん》があるので、鉄道《てつどう》ファンの僕《ぼく》らは、電車《でんしゃ》に乗《の》ることにした。

歩道《ほどう》を五分《ふん》ほど歩《ある》いていくと、道路《どうろ》の向《む》こうに平《ひら》べったい三角屋根《さんかくやね》を持《も》つ一階建《いっかいだ》ての駅《えき》舎《しゃ》が見《み》えてきた。

「高松《たかまつ》といえば！　『ことでん』に乗《の》らないとねっ」

未来《みらい》が振《ふ》り向《む》いてにっと笑《わら》った。

ここは高松築港駅《たかまつちっこうえき》。

「ほんまは『高松琴平電気鉄道《たかまつことひらでんきてつどう》』ちゅう名前《なまえ》やけど、みんな略《りゃく》して『ことでん』て言《ゆ》うんや」

「さすが～私鉄好《してつず》きの上田君《うえだくん》、くわしいねっ」

「えへへ、そうでもあるがな」

未来《みらい》にほめられた上田《うえだ》は、エッヘンと胸《むね》を張《は》った。

左右《さゆう》を芝生《しばふ》にはさまれた通路《つうろ》を歩《ある》いて高松築港駅《たかまつちっこうえき》の改札口《かいさつぐち》へと向《む》かう。

駅舎《えきしゃ》の中《なか》に入《はい》ると、正面《しょうめん》に青《あお》いストッパーを備《そな》えた、銀《ぎん》の自動改札機《じどうかいさつき》が並《なら》ぶ改札口《かいさつぐち》があり、左《ひだり》には駅員《えきいん》さんがいる券売所《けんばいじょ》があった。

券売所《けんばいじょ》は丸《まる》いガラス窓《まど》で仕切《しき》られている。けれど、その表面《ひょうめん》にブツブツと穴《あな》が開《あ》いていて、僕《ぼく》らと駅員《えきいん》さんとの会話《かいわ》がスムーズにやりとりできる。

その窓《まど》の奥《おく》にいる駅員《えきいん》さんに、上田《うえだ》は右手《みぎて》を「四」にして見《み》せる。

「1日《にち》フリーきっぷ、四枚《まい》ください！」

やっぱり、そうこないとねっ！

地方《ちほう》の私鉄《してつ》に乗《の》る時《とき》は、僕《ぼく》もたいてい「一日乗車券《にちじょうしゃけん》」を買《か》う。

めったに行《い》けないような鉄道《てつどう》は、「乗《の》りつぶす」ことが目的《もくてき》になるから一日乗車券《にちじょうしゃけん》がお得《とく》なんだ。

「では、お一人《ひとり》さま、小人《こども》六二〇円《えん》です」

僕《ぼく》らは、それぞれの財布《さいふ》からお金《かね》を出《だ》して、駅員《えきいん》さんに手渡《てわた》した。

駅員《えきいん》さんがくれたのは、電車《でんしゃ》の上《うえ》にイルカが乗《の》った、かわいいイラスト付《つ》きのきっぷ。

一番下《いちばんした》の白《しろ》い場所《ばしょ》には、今日《きょう》の日付《ひづけ》のスタンプがデンと押《お》されていた。

「なんで電車《でんしゃ》の上《うえ》に……イルカが乗《の》ってんねや？」

きっぷを見《み》たみさきちゃんが首《くび》をかしげると、上田《うえだ》が目《め》をつむってフムフムとうなずく。

「それにはふか〜い『大人《おとな》の事情《じじょう》』があって、ことでんのマスコットキャラが、イルカの『ことちゃん』になったんや」

「おっ、大人《おとな》の事情《じじょう》って！　それなんやねん!?」

「俺《おれ》は知《し》らんけど、ちゃ〜と、ことでんのホームページにはそう書《か》いてあるでぇ」

「なんだろうね？」

未来《みらい》と目《め》が合《あ》った。未来《みらい》は肩《かた》をすくめる。

「たぶん、地元《じもと》の人《ひと》は知《し》っているんじゃないかしら。あとで祥子《しょうこ》おばちゃんに聞《き》いてみようよ」

「そうだね」

「ちなみに、ことでんのマスコットキャラには、女《おんな》の子《こ》でピンクの『ことみちゃん』もいて、クリアファイル、ストラップ、シールや手《て》ぬぐいと、なんやかんやグッズ展開《てんかい》もしとる」

上田《うえだ》は窓口《まどぐち》に貼《は》られた、ことでんグッズを指《さ》す。

おっと！　そういえば……。

僕《ぼく》は上田《うえだ》の話《はなし》を聞《き》いてはっとして、急《いそ》いで券売所《けんばいじょ》に駆《か》け戻《もど》った。

『IruCa《イルカ》』くださーい！」

駅員《えきいん》さんが「はい、どうぞ」と、二千円《せんえん》と引《ひ》き換《か》えに一枚《まい》のカードを手渡《てわた》してくれた。

よしっ、また一枚《まい》ゲットしたぞっ！

「IruCa《イルカ》ってなんやの？」

僕《ぼく》の横《よこ》へやってきたみさきちゃんが、手元《てもと》をのぞきこむ。

僕《ぼく》は、ことちゃんのイラストの入《はい》った水色《みずいろ》のカードをジャーンと見《み》せつけた。

「これは、ことでん専用《せんよう》の交通系《こうつうけい》IC《アイシー》カードなんだ〜!!」

「要《よう》するに、『ICOCA《イコカ》』とか『Suica《スイカ》』の、ことでん版《ばん》ってこと？」

「そう！　僕《ぼく》は交通系《こうつうけい》IC《アイシー》カードを集《あつ》めてるんだ」

最初《さいしょ》は交通系《こうつうけい》IC《アイシー》カードの種類《しゅるい》も少《すく》なく、「すぐにフルコンプリートできそうだな」なんて思《おも》っていたけど、始《はじ》めてみると、地方鉄道《ちほうてつどう》でも交通系《こうつうけい》IC《アイシー》カードが増《ふ》えてきて……全《ぜん》部《ぶ》集《あつ》めるのはなかなか大変《たいへん》なんだ。

IruCa《イルカ》を手《て》に入《い》れて、ウキウキしている僕《ぼく》を、みさきちゃんは不思議《ふしぎ》そうに見《み》る。

「でも……そのカード、雄太君《ゆうたくん》が住《す》んでる神奈川《かながわ》や使《つか》えへんのよね？」

「うんっ！　でも、いいんだ。記念《きねん》きっぷだって使《つか》わないでコレクションしておくでしょ？　それと同《おな》じだよ」

鉄道《てつどう》ファンの中《なか》には数量限定《すうりょうげんてい》で発売《はつばい》されている日本全国《にほんぜんこく》の珍《めずら》しい記念《きねん》きっぷや、昔《むかし》の古《ふる》いきっぷを集《あつ》めている『きっぷ集《あつ》め鉄《てつ》』もいる。

「なるほどなぁ。鉄道《てつどう》グッズを集《あつ》める人《ひと》は、みんなそれを使《つか》おうと思《おも》っているわけやないもんね」

みさきちゃんはフンフンと納得《なっとく》する。

僕《ぼく》らはフリーきっぷを駅員《えきいん》さんに見《み》せ、改札《かいさつ》の中《なか》へと入《はい》った。

まるで時間《じかん》が止《と》まってしまったかのような、とってもレトロな雰囲気《ふんいき》。

高松築港《たかまつちっこう》も高松《たかまつ》と同《おな》じで、ここが始発《しはつ》。二《ふた》つあるホームは行《い》き止《ど》まりの頭端式《とうたんしき》だ。

奥《おく》にあるホームは琴平線《ことひらせん》で1番線《ばんせん》。手前《てまえ》のホームのうち、左側《ひだりがわ》は2番線《ばんせん》で琴平線《ことひらせん》の降車《こうしゃ》専用《せんよう》、右側《みぎがわ》は3番線《ばんせん》で、長尾線《ながおせん》の乗《の》り場《ば》だった。

「ことでんって三《みっ》つも路線《ろせん》があるのね」

未来《みらい》が路線図《ろせんず》を見《み》あげながらつぶやく。

私鉄《してつ》に強《つよ》い上田《うえだ》の目《め》がきらっと光《ひか》る。

「一番《いちばん》メインの路線《ろせん》は、ここ高《たか》松築港《まつちっこう》から琴電琴平《ことでんことひら》まで走《はし》る『琴平線《ことひらせん》』や。二本目《ほんめ》はこの二《ふた》つ先《さき》の瓦町《かわらまち》から分《わ》かれて長尾《ながお》まで走《はし》る『長尾線《ながおせん》』。そして三《みっ》つめが、瓦町《かわらまち》が始発《しはつ》で海《うみ》の近《ちか》くを通《とお》って琴電志度《ことでんしど》まで走《はし》る『志度《しど》線《せん》』になっとる」

「そんなにあると乗《の》り間違《まちが》えちゃいそうね」

「そこは大丈夫《だいじょうぶ》やねん。車両《しゃりょう》の色《いろ》がそれぞれ違《ちが》っとるからな。琴平線《ことひらせん》は車両《しゃりょう》の下半分《したはんぶん》が黄色《きいろ》、

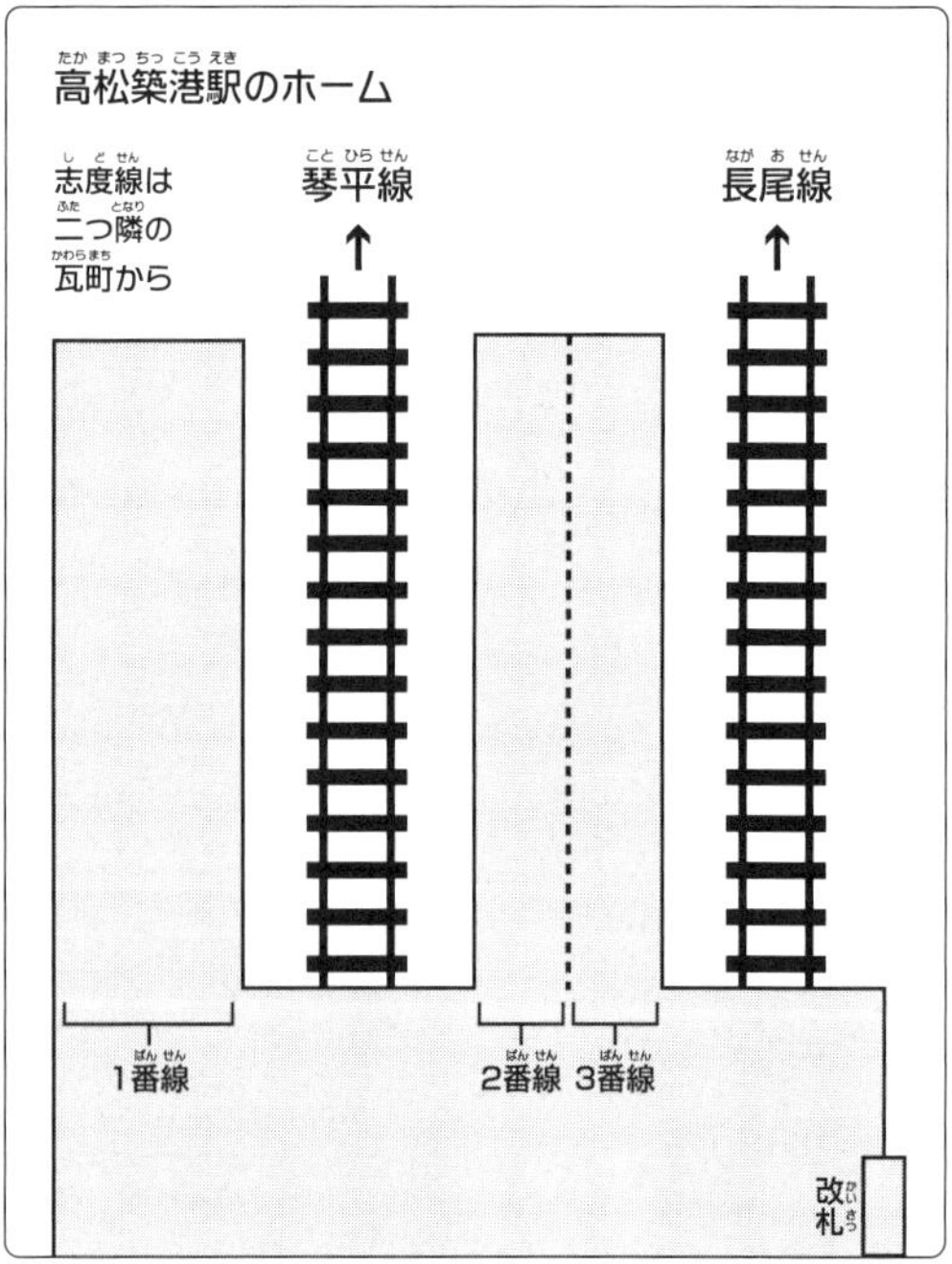

長尾線《ながおせん》は緑色《みどりいろ》、志度線《しどせん》は赤色《あかいろ》に塗《ぬ》られとるよ」

「へえ〜。小《ちい》さな鉄道会社《てつどうがいしゃ》なのに、関東《かんとう》のＪＲ《ジェイアール》みたいに色分《いろわ》けされているんだ！」

その時《とき》、１番線《ばんせん》に真《ま》っ黄色《きいろ》に塗《ぬ》られた二両編成《りょうへんせい》の電車《でんしゃ》が、ガタンゴトンと入《はい》ってきた。

黄色《きいろ》は琴平線《ことひらせん》だ！　しかも、すごい迫力《はくりょく》のラッピング車両《しゃりょう》だ。

……これは目立《めだ》つなぁ。

電車《でんしゃ》の先頭《せんとう》には、丸《まる》の中《なか》に「金《きん》」って赤《あか》い文字《もじ》が、古《ふる》い漢字《かんじ》で書《か》かれていた。

ラッピングに圧倒《あっとう》されたけど、車両《しゃりょう》の形《かたち》を見《み》て、僕《ぼく》はピンときた。

「ねえ、上田《うえだ》。これって京急《けいきゅう》の車両《しゃりょう》だったんじゃない？」

上田《うえだ》はニヤリと笑《わら》う。

「さすが、雄太《ゆうた》。今《いま》は１２００形《がた》とか言《い》われとるけど、これはもともと京浜急行《けいひんきゅうこう》では７００形《がた》って言《い》われた車両《しゃりょう》や」

『えー――っ!?　どうして、そんなことがわかったの!?』

未来《みらい》とみさきちゃんの目《め》が丸《まる》くなる。

僕《ぼく》は正面中央《しょうめんちゅうおう》にあった一《ひと》つ目《め》のヘッドライトと、開《ひら》いた大《おお》きな扉《とびら》を指差《ゆびさ》した。

「ほとんどの鉄道会社《てつどうがいしゃ》さんではやめちゃったのに、京急《けいきゅう》だけは最近《さいきん》まで『一つ目《ひとつめ》ヘッドライト』と『片開き扉《かたびらきとびら》』を使用《しよう》していたんだ。これもそうなっているだろ。だから、もしかして……と思《おも》って」

「本当《ほんとう》だっ！　ドアが片方《かたほう》へ開《ひら》いてる！」

未来《みらい》はカメラでパチリと扉《とびら》を撮《と》った。

「今《いま》は両開《りょうびら》きの扉《とびら》が普通《ふつう》だから、こういうのって珍《めずら》しいよね」

中《なか》に入《はい》ると、黄緑《きみどり》のモケットが張《は》られたロングシートが、進行方向横向《しんこうほうこうよこむ》きにズラリと並《なら》んでいた。

みさきちゃんは、ぐるりと車内《しゃない》を見《み》まわす。

「すごいなぁ！　まるで博物館《はくぶつかん》に置《お》いてある車両《しゃりょう》みたいや」

「お〜それはええ表現《ひょうげん》やな。ことでんは『動《うご》く電車《でんしゃ》の博物館《はくぶつかん》』なんて言《い》われとったからな」

上田《うえだ》は「しあわせさん、こんぴらさん」と青文字《あおもじ》で書《か》かれた車体《しゃたい》を手《て》でさわりながら言《い》う。

「動《うご》く電車《でんしゃ》の博物館《はくぶつかん》てぇ？」

そう聞《き》きつつ、みさきちゃんは床《ゆか》を見《み》つめながら通路《つうろ》を歩《ある》きはじめた。こうしてモーター音《おん》がよく聞《き》こえそうな場所《ばしょ》を探《さが》しているみたい。

「それはな、ことでんが昔《むかし》、阪神電鉄《はんしんでんてつ》、山陽電鉄《さんようでんてつ》、名鉄《めいてつ》、三岐鉄道《さんぎてつどう》、山形交通《やまがたこうつう》、東武鉄道《とうぶてつどう》からもろた車両《しゃりょう》を走《はし》らせていたからなんや」

「すっ、すごいぎょーさんあってんなぁ！」

「今《いま》は少《すこ》し減《へ》ったけど、それでも京浜急行電鉄《けいひんきゅうこうでんてつ》、京王電鉄《けいおうでんてつ》、名古屋市営地下鉄《なごやしえいちかてつ》から来《き》た車《しゃ》両《りょう》が走《はし》っとる。その上《うえ》、どれも四〇年《ねん》くらい前《まえ》の古《ふる》い車両《しゃりょう》なんや」

「よっ、四〇年《ねん》!?　そんな古《ふる》くて大丈夫《だいじょうぶ》なん？」

みさきちゃんが振《ふ》り返《かえ》った。上田《うえだ》は自信満々《じしんまんまん》の顔《かお》で胸《むね》を張《は》る。

「大丈夫《だいじょうぶ》や！　ことでんの車両工場《しゃりょうこうじょう》の人《ひと》らは高《たか》い技術力《ぎじゅつりょく》を持《も》っとって、きち〜んと毎日整《まいにちせい》備《び》しとるさかいな」

電車《でんしゃ》を見《み》れば僕《ぼく》にもわかるくらい、きれいに整備《せいび》されてる。

「そんなこと……上田《うえだ》に適当《てきとう》に言《い》われてもなぁ」

とたんに、上田《うえだ》はクワッと目《め》をむいて、みさきちゃんに強烈《きょうれつ》な突《つ》っこみを入《い》れる。

「あほかいっ！　俺《おれ》が適当《てきとう》に言《ゆ》うとんのとちゃうわっ！」

「きゃっ！　なっ、なんやねんなっ！　いきなり……」

その迫力《はくりょく》に押《お》されたみさきちゃんは、思《おも》わずあとずさって未《み》来《らい》の肩《かた》にしがみつく。

「あのなぁ。ことでんの仏生山《ぶっしょうざん》車両所《しゃりょうじょ》の脇《わき》に置《お》いてある『20形《がた》』って車両《しゃりょう》は、大正《たいしょう》一四年《ねん》に走《はし》りだした車両《しゃりょう》やのに、今《いま》でも元気《げんき》にまだ走《はし》れねんぞ」

「たっ、たっ、大正《たいしょう》一四年《ねん》!?　どんだけレトロな電車《でんしゃ》やねんっ！」

「それこそが、ことでんの車両工場《しゃりょうこうじょう》の人《ひと》らが、『すげぇ』ってこっちゃ」

『……確《たし》かに～』

僕《ぼく》らは三人《にん》で感心《かんしん》してうなずいた。

僕《ぼく》は高松《たかまつ》に住《す》んでいる人《ひと》が、ちょっとうらやましくなった。

そういう鉄道《てつどう》が走《はし》っている町《まち》って、いいなって思《おも》うから。

古《ふる》い車両《しゃりょう》が現役《げんえき》で走《はし》っているのは、車両所《しゃりょうじょ》の整備員《せいびいん》さんたちが、電車《でんしゃ》のことが大好《だいす》きで大事《だいじ》にしてくれてるってことだもん。

そして、そんな古《ふる》い電車《でんしゃ》を大切《たいせつ》に思《おも》い、楽《たの》しく利用《りよう》してくれる、やさしいお客《きゃく》さんがいるってことでもあるよね。

フワラララララララララ……。

13時《じ》00分《ふん》になると、レトロな発車《はっしゃ》ベルが鳴《な》り、列車《れっしゃ》は高松築港《たかまつちっこう》を発車《はっしゃ》した。

「うわっ！　お城《しろ》だっ」

未来《みらい》はすぐにカメラを左《ひだり》へ向《む》ける。

そこにはお城《しろ》の石垣《いしがき》があって、幅《はば》の広《ひろ》いお堀《ほり》には緑《みどり》の水《みず》が満《み》たされ、お堀《ほり》に渡《わた》された木《もく》製《せい》の橋《はし》が見《み》えた。

「高松築港駅《たかまつちっこうえき》は高松城《たかまつじょう》の横《よこ》にあるさかいなっ」

上田《うえだ》は本当《ほんとう》に私鉄《してつ》のことにくわしいと、僕《ぼく》は改《あらた》めて感心《かんしん》した。

高松城《たかまつじょう》に天守閣《てんしゅかく》は残《のこ》っていないけど、城跡《しろあと》には松《まつ》などが植《う》えられている。

走《はし》りだしてしばらくは、みさきちゃんが電車《でんしゃ》のモーター音《おん》を録《と》り、未来《みらい》はカメラで撮影《さつえい》し、僕《ぼく》と上田《うえだ》は運転台《うんてんだい》の後《うし》ろに立《た》って、運転手《うんてんしゅ》さんの動《うご》きを見《み》つめた。

やがて、20形《がた》があると上田《うえだ》が言《い》っていた、仏生山《ぶつしょうざん》に停車《ていしゃ》。僕《ぼく》らは下車《げしゃ》することにした。

すぐに出発《しゅっぱつ》した1200形《がた》を見送《みおく》りながら、僕《ぼく》は未来《みらい》に聞《き》いた。

「その日焼《ひや》けは、海水浴《かいすいよく》？　それともサッカー？」

未来《みらい》はニコッと笑《わら》う。

「半分《はんぶん》はサッカーで、もう半分《はんぶん》は海水浴《かいすいよく》ってとこかな。四国《しこく》の海《うみ》は、すっごい透明度《とうめいど》で、水中《すいちゅう》メガネとシュノーケルを着《つ》けて下《した》をのぞくと、いろんな魚《さかな》が見《み》えるのよ」

女子《じょし》サッカーをやっている未来《みらい》は、スポーツ万能《ばんのう》で、泳《およ》ぐのもうまいんだ。

「うわぁ～それはすごいっ！」

「ええなぁ、未来《みらい》ちゃん。エンジョイ、バカンスやなぁ」

上田《うえだ》がうらやましそうに言《い》う。

「おばあちゃん家《ち》が、海《うみ》に近《ちか》いの」

「うちのじいちゃん家《ち》、四国《しこく》にならへんかなぁ」

「そんなもん、いきなりなるかい！」

みさきちゃんは、歩《ある》きながら器用《きよう》に上田《うえだ》の胸《むね》にばしっと突《つ》っこむ。

「俺《おれ》の親《しん》せきは、み〜んな関西《かんさい》やから遊《あそ》びにいっても変化《へんか》に欠《か》けるわぁ」

突《つ》っこみにまったく動《どう》じず、上田《うえだ》は両手《りょうて》を首《くび》の後《うし》ろに組《く》み、顔《かお》を上《あ》げる。

「上田家《うえだけ》には、大阪《おおさか》のたこ焼《や》き屋《や》さん、京都《きょうと》の回転焼《かいてんや》き屋《や》さん、奈良《なら》のお好《この》み焼《や》き屋《や》さんやらバラエティ豊《ゆた》かな親《しん》せきがおるやんか」

そう言《い》って、みさきちゃんはぷっと噴《ふ》き出《だ》した。

「粉《こな》もん屋《や》ばっかりやないかっ！」

「どこ行《い》っても、美味《おい》しいもんが食《た》べられていいやん」

僕《ぼく》は未来《みらい》を見《み》た。

「小笠原家《おがさわらけ》って、元々《もともと》四国《しこく》なの？」

「うん、松山《まつやま》には、ひいおばあちゃんの代《だい》から住《す》んでいるの」

「……ってことは、昭和《しょうわ》の最初《さいしょ》の頃《ころ》？」

「うーん、たぶん。もう亡《な》くなっちゃったけど、ひいおばあちゃんは、昭和《しょうわ》の前《まえ》の大正生《たいしょうう》まれだしね」

ふと、僕《ぼく》は前《まえ》に未来《みらい》から聞《き》いた話《はなし》を思《おも》い出《だ》した。

「そういえば未来《みらい》のひいおばあちゃんって……小笠原家《おがさわらけ》で一番最初《いちばんさいしょ》にそのカメラを使《つか》っていた人《ひと》だったよね？」

未来《みらい》が手《て》に持《も》っていたカメラを僕《ぼく》は指差《ゆびさ》した。

「おー、それ気《き》になってたんよ。ちょっと見《み》せてくれへんか？」

「いいわよ」

未来《みらい》からカメラを手渡《てわた》された上田《うえだ》は、両手《りょうて》で持《も》ちあげて、じっくり見《み》つめる。

「レトロやなぁ……こりゃ、なんか高《たか》そうやぞ」

「こら上田《うえだ》っ！　ひいおばあちゃんの思《おも》い出《で》が詰《つ》まった大事《だいじ》なカメラを値《ね》ぶみしなっ！」

みさきちゃんに再《ふたた》び突《つ》っこまれた上田《うえだ》は、「あふっ！」と首《くび》を天井《てんじょう》へ向《む》けた。

このカメラは、今主流《いましゅりゅう》のデータで記録《きろく》するデジタルカメラじゃなくて、フィルムに記録《きろく》するタイプ。

黒《くろ》い本体《ほんたい》に銀《ぎん》のレンズや部品《ぶひん》が付《つ》いていて、上部《じょうぶ》には円筒形《えんとうけい》のダイヤルが三《みっ》つある。

レンズキャップも金属製《きんぞくせい》で「いかにも本格派《ほんかくは》」って雰囲気《ふんいき》が漂《ただよ》ってくるカメラだ。

未来《みらい》は、北海道新幹線《ほっかいどうしんかんせん》で函館《はこだて》へ行《い》った時《とき》に、初《はじ》めてこのカメラを持《も》ってきた。お父《とう》さんが、長年使《ながねんつか》っていたカメラを未来《みらい》にプレゼントしてくれたんだって。

未来《みらい》はニヤッと笑《わら》って、僕《ぼく》を見《み》る。

「それでね……雄太《ゆうた》たちに一《ひと》つ、お願《ねが》いがあって」

僕《ぼく》は身《み》を乗《の》り出《だ》した。

「そうそう、電話《でんわ》では聞《き》きそびれちゃったけど、なんだったの？」

みんなも前《まえ》のめりになって、未来《みらい》を見《み》つめる。

「実《じつ》は……うちの松山本家《まつやまほんけ》にすごい『宝物《たからもの》』が眠《ねむ》ってるっていうの……」

『たっ、宝物《たからもの》――!?』

大声《おおごえ》を出《だ》してしまったので、ホームのベンチに座《すわ》っていたお客《きゃく》さんがこっちを向《む》いた。

みんなで「大声《おおごえ》出《だ》してすみませ〜ん」と首《くび》をすくめる。

「たっ、宝《たから》もんって、宝石《ほうせき》？　金《きん》？　銀《ぎん》？　まさか現金《げんきん》かいなっ!?」

鼻息《はないき》を荒《あら》くした上田《うえだ》のこめかみに、みさきちゃんがグーにした拳《こぶし》を両側《りょうがわ》からグリグリと押《お》しつける。

「なにを興奮《こうふん》してんねん！　金《かね》のことになったら、いやらしいなぁぁぁぁ」

「痛《い》てててて……、あ、頭《あたま》が痛《いた》いです……三蔵法師《さんぞうほうし》さま……痛《い》てててて……」

上田《うえだ》は、三蔵法師《さんぞうほうし》に念仏《ねんぶつ》をとなえられて、金《きん》の輪《わ》っかで頭《あたま》をしめられる孫悟空《そんごくう》のように、みさきちゃんの手《て》を押《お》さえて声《こえ》をあげる。

「もう、変《へん》なことは言《い》わないかぁ〜悟空《ごくう》」

「痛《い》てててて……、わっ、わかりました〜。もう変《へん》なことは言《い》いません〜」

「ほな許《ゆる》したろ」

そこで、みさきちゃんは、こめかみグリグリをやめた。

「それで、宝物《たからもの》ってなんなの？」

僕《ぼく》が聞《き》くと、未来《みらい》はテヘッと舌《した》を出《だ》す。

「それが……」

「それが？」

「**わかんないの〜**」

僕《ぼく》らは両手《りょうて》を上《あ》げていっせいに、ズコーと倒《たお》れた。

「宝《たから》もんがなんなんか、さっぱりわからへんのかいっ！　未来《みらい》ちゃん」

サクッと立《た》ち直《なお》った上田《うえだ》が突《つ》っこんだ。

「だって……、本家《ほんけ》のおじいちゃんに聞《き》いても、『もう昔《むかし》のことでわからん』って言《い》うんだもん」

「つまり、『すごい宝《たから》もんがあるらしい……けど、それがなんやわからん』ってことかいな？」

「そういうことなんだよね〜」

なんだかざっくりした話《はなし》だなぁ。探《さが》しようがないじゃん。

手《て》がかりが知《し》りたくて、未来《みらい》に質問《しつもん》する。

「小笠原家《おがさわらけ》って、昔《むかし》はすごく大《おお》きい家《いえ》だったの？　お殿《との》さまとか、お姫《ひめ》さまとかさ」

「そんなことないよ。でも、ひいおばあちゃんは、海外《かいがい》へ留学《りゅうがく》していたらしいけどね」

「あの時代《じだい》に外国《がいこく》に行《い》ける人《ひと》って、そんなにいないんとちゃう？　めっちゃお金持《かねも》ちのお嬢《じょう》さまやん！」

みさきちゃんは思《おも》わず早口《はやくち》になった。僕《ぼく》は重《かさ》ねて聞《き》く。

「それでなにか手《て》がかりはないの？　なにかヒントとか」

未来《みらい》は頬《ほお》に手《て》を当《あ》てながら、考《かんが》えるように言《い》う。

「ひいおばあちゃんが、誰《だれ》かからプレゼントされたものらしいの」

「プレゼント？」

「そう。あのさ、モッテモテだったみたいなんだよね、うちのひいおばあちゃん！」

「そ、そうなんだ」

「ひいおばあちゃんの写真《しゃしん》があったから、ケータイに撮《と》ってきたんだけど。ほらっ、見《み》てみて、すっごい美人《びじん》でしょ？」

未来《みらい》が差《さ》し出《だ》したケータイ画面《がめん》をみんなでのぞきこむ。

「うわっ本当《ほんとう》や！　めっちゃかわいいやん」

上田《うえだ》は口《くち》を大《おお》きく開《あ》けて言《い》った。

画面《がめん》にはモノクロの写真《しゃしん》が映《うつ》っているんだけど、女優《じょゆう》さんみたいな美少女《びしょうじょ》だった。

目《め》はクリッとして大《おお》きく、鼻《はな》はすっと通《とお》っていて、あごがつんととがっていて、顔《かお》はほっそり、とっても小《ちい》さい。

かわいくて、きれいで、ちょっといたずらっ子《こ》みたいな目《め》をしていて……少《すこ》し微笑《ほほえ》んだその表情《ひょうじょう》には、誰《だれ》もが引《ひ》きこまれてしまいそうな魅力《みりょく》がある。

今《いま》の時代《じだい》でも、めったにいない美少女《びしょうじょ》だ。

「こんなかわいかったら、そらぁモッテモテやろ？」

画面《がめん》を見《み》ながら上田《うえだ》は、フンフンとうなずく。

「この人《ひと》が、誰《だれ》かからもらったプレゼント……それが、宝物《たからもの》なんだね」

未来《みらい》がうなずく。

「今年《ことし》はひいおばあちゃんの三十七回忌《かいき》なの。だからお父《とう》さんが、『失《うしな》われた宝《たから》を見《み》つけて墓前《ぼぜん》に報告《ほうこく》したい』って言《い》うのよ」

「墓前《ぼぜん》に報告《ほうこく》!?」

「お父《とう》さん、私《わたし》が一人《ひとり》で旅行《りょこう》するのが心配《しんぱい》なのはもちろんなんだけど、それだけじゃなくて、雄太《ゆうた》たちも一緒《いっしょ》に宝物《たからもの》を探《さが》してくれたら、きっと見《み》つかるんじゃないかって。それで今回《こんかい》のみんなの四国《しこく》の旅費《りょひ》は『小笠原家《おがさわらけ》で持《も》つからっ！』ってことになったというわけ」

「ええ〜〜!?　責任重大《せきにんじゅうだい》じゃん」

なんかすごいこと頼《たの》まれてない？

急《きゅう》に不安《ふあん》になってきた。ちゃんと、宝物《たからもの》を見《み》つけられるだろうか。

手《て》がかりは「ひいおばあちゃんが誰《だれ》かからプレゼントされたもの」ということしかないのに……。

僕《ぼく》は戸惑《とまど》って黙《だま》りこんでしまった。

「こらぁ〜マジにやるしかないなぁ」

そう言《い》ったのは上田《うえだ》だった。真剣《しんけん》な顔《かお》をして腕《うで》を組《く》んでいる。

「こらこら、また、なにをしょうもないこと考《かんが》えてんねん？」

両手《りょうて》を上《あ》げてグリグリの準備《じゅんび》をしたみさきちゃんに、上田《うえだ》は言《い》い返《かえ》す。

「ま、待《ま》てっ！　誰《だれ》がしょうもないことやねん？　これは仕事《しごと》やがな、し・ご・と」

「仕事《しごと》〜？」

上田《うえだ》はビシッと右《みぎ》の人差《ひとさ》し指《ゆび》と中指《なかゆび》をそろえて目《め》の間《あいだ》に置《お》く。

「そうやがな。KTT《ケーティーティー》とT3《ティースリー》の『鉄道探偵《てつどうたんてい》』に、未来《みらい》ちゃん家《ち》が『失《うしな》われた宝《たから》を見《み》つけてぇ〜』と依頼《いらい》してきた仕事《しごと》やちゅうこっちゃろ？」

「その似《に》てない未来《みらい》ちゃんのモノマネはやめんかい」

みさきちゃんは、上田《うえだ》の胸《むね》にパシッと突《つ》っこむ。

「仕事《しごと》やねんから、無理《むり》とか言《い》ってる場合《ばあい》ちゃうやろ。なんとしてでも『失《うしな》われた財宝《ざいほう》』を見《み》つけなあかんやん」

鼻《はな》から勢《いきお》いよく息《いき》をはいて、上田《うえだ》は胸《むね》を張《は》った。

そうだ。僕《ぼく》らは鉄道探偵《てつどうたんてい》だ。

鉄道《てつどう》で困《こま》っている人《ひと》がいたら助《たす》けてあげる。それがT3《ティースリー》とKTT《ケーティーティー》の鉄則《てっそく》！

この場合《ばあい》、未来《みらい》は鉄道《てつどう》で困《こま》っているわけじゃないけれど、鉄道《てつどう》の仲間《なかま》が困《こま》っているんだから、助《たす》けないわけにはいかない。

「そうだよ。上田《うえだ》の言《い》うとおりだっ」

僕《ぼく》は上田《うえだ》の意見《いけん》にすぐに賛成《さんせい》。

だが、みさきちゃんは目《め》を細《ほそ》めてギロリと上田《うえだ》を見《み》る。

「上田《うえだ》、そないなこと言《ゆ》うて、ほんまは金目当《かねめあ》てやないやろな？」

「かっ、金目当《かねめあ》て？　そ、そんなことあるかいなっ……」

上田《うえだ》の額《ひたい》からタラリと汗《あせ》が流《なが》れる。

「ほんまかいなぁ～？　未来《みらい》ちゃん家《ち》から金目《かねめ》の宝《たから》でも見《み》つけて、ちょっとでもお礼《れい》をもらおうとか、思《おも》とんのちゃうやろな？」

「……そ、そんなこと……ない……ないて。……信《しん》じてぇな」

みさきちゃんは、上田《うえだ》の目《め》をジィィとしばらく見《み》ていたが、やがてフッと笑《わら》った。

「まぁ、なんもせんと、旅費《りょひ》だけ出《だ》してもらうのも悪《わる》いしなぁ。よしっ、みんなで失《うしな》われたお宝《たから》を探《さが》そうや～!!」

みさきちゃんが言《い》って、手《て》を前《まえ》にすっと出《だ》した。

「四国旅行《しこくりょこう》が盛《も》りあがりそうだねっ！」

僕《ぼく》はその上《うえ》に手《て》を載《の》せる。

「お宝《たから》かぁ〜。でもほんまになんやねやろなぁ？」

上田《うえだ》が僕《ぼく》の手《て》の上《うえ》に手《て》を重《かさ》ねる。

「ありがとう。ひいおばあちゃんが亡《な》くなってから、ずっと、『うちにはすごい宝《たから》がある』って、みんな言《い》っているけど、結局《けっきょく》それがなにかはわからないままなの」

一番上《いちばんうえ》に未来《みらい》が右手《みぎて》を置《お》く。

「よし、宝探《たからさが》しや！　いくでぇ」

みんなの目《め》を見《み》まわして、みさきちゃんが、かけ声《ごえ》をかける。


『ミッション・スタート――!!』


声《こえ》を合《あ》わせて叫《さけ》びながら、僕《ぼく》らは思《おも》いきりジャンプした。

とはいえ、今《いま》はせっかくだから、仏生山駅《ぶっしょうざんえき》を楽《たの》しまなくちゃ。

僕《ぼく》らは改札口《かいさつぐち》を出《で》ると、駅《えき》の横《よこ》にあることでんの車両所《しゃりょうじょ》を目指《めざ》す。

上田《うえだ》の言《い》っていた20形《がた》って車両《しゃりょう》はピンクとクリームに塗《ぬ》られて、道路《どうろ》のすぐ近《ちか》くの留置《りゅうち》線《せん》に停《と》められていた。

それを見《み》つけた瞬間《しゅんかん》、未来《みらい》が「きゃああ！」と叫《さけ》び、走《はし》りだした。

20形《がた》は、車体《しゃたい》も窓《まど》から見《み》える車内《しゃない》もピカピカで、とても大正《たいしょう》時代《じだい》の車両《しゃりょう》には見《み》えない。

仏生山《ぶっしょうざん》の車両所《しゃりょうじょ》には、それだけでなく、5000形《がた》と呼《よ》ばれる茶色《ちゃいろ》とクリームのレトロ車両《しゃりょう》をはじめ、点検《てんけん》整備《せいび》のために集《あつ》まってきた車両《しゃりょう》が、たくさん停《てい》車《しゃ》していた。

「こんなレトロ車両《しゃりょう》に乗《の》ってみたいなぁ」

思《おも》わずつぶやいた僕《ぼく》に、近《ちか》くにいた駅員《えきいん》さんが「乗《の》れますよ」と声《こえ》をかけてくれた。

ことでんでは、毎月《まいつき》一回《いっかい》程度《ていど》、日曜日《にちようび》に「レトロ電車特別運行《でんしゃとくべつうんこう》」って日《ひ》があって、古《ふる》い電車《でんしゃ》を走《はし》らせてくれるんだって。

今回《こんかい》は無理《むり》だけど、いつか日曜日《にちようび》に高松《たかまつ》に来《き》て、レトロ電車《でんしゃ》に乗《の》りたいな。

レトロ電車《でんしゃ》の中《なか》は当時《とうじ》のままだから、もちろんクーラーもなし。だから、夏《なつ》は窓全開《まどぜんかい》で走《はし》るんだって。

車両所《しゃりょうじょ》を楽《たの》しみつくした僕《ぼく》らは、再《ふたた》び琴平線《ことひらせん》に乗車《じょうしゃ》。

目指《めざ》すのは終点《しゅうてん》の琴電琴平《ことでんことひら》だ。

ことでんの車窓《しゃそう》からは、おむすびのような形《かたち》の山《やま》や、大《おお》きなため池《いけ》が見《み》えて、まるで昔《むかし》ばなしの絵本《えほん》の中《なか》を走《はし》っているみたい。

途中《とちゅう》の畑田駅《はただえき》の近《ちか》くには、ツタのからまったレンガ造《づく》りの建物《たてもの》があって、「なんだろう？」と思《おも》ってケータイで調《しら》べてみたら、変電所跡《へんでんしょあと》だったことがわかった。

大正時代《たいしょうじだい》から昭和《しょうわ》まで使《つか》われていた建物《たてもの》で、ドイツのシーメンスって会社《かいしゃ》が作《つく》った水銀《すいぎん》整流器《せいりゅうき》が、日本《にほん》で初《はじ》めて使《つか》われたところなんだって。整流器《せいりゅうき》は、交流《こうりゅう》を直流《ちょくりゅう》に変換《へんかん》する機《き》械《かい》のことだよ。

琴平線《ことひらせん》を制覇《せいは》したあと、僕《ぼく》らは志度線《しどせん》と長尾線《ながおせん》にも足《あし》を延《の》ばした。

志度線《しどせん》は、海《うみ》の近《ちか》くを気持《きも》ちよく走《はし》り抜《ぬ》け、時《とき》には家《いえ》の軒先《のきさき》をかすめるような場所《ばしょ》を通《とお》る。一方《いっぽう》、長尾線《ながおせん》の車窓《しゃそう》からは青《あお》い稲穂《いなほ》が海《うみ》のように広《ひろ》がっていた。

どの路線《ろせん》も個性《こせい》があって、すごくおもしろかった。

すべて終点《しゅうてん》まで乗《の》り終《お》えると、もう夕方《ゆうがた》。

僕《ぼく》らが高松築港駅《たかまつちっこうえき》の一《ひと》つ手前《てまえ》にある片原町《かたはらまち》に降《お》りたのは18時前《じまえ》だった。

「未来《みらい》ちゃ～ん!!　おかえり～!!」

自動改札機《じどうかいさつき》が三台《だい》ほど並《なら》ぶ改札口《かいさつぐち》には、メガネをかけた女《おんな》の人《ひと》が迎《むか》えにきてくれていた。

これが未来《みらい》のお父《とう》さんのお姉《ねえ》さん、つまり未来《みらい》のおばさんである祥子《しょうこ》おばさん。

かわいい感《かん》じの顔《かお》に銀縁《ぎんぶち》メガネをかけていて、優《やさ》しく微笑《ほほえ》んで手《て》を振《ふ》っている。

「祥子《しょうこ》おばちゃん、ただいま～!!」

未来《みらい》は手《て》を振《ふ》り返《かえ》す。

「確《たし》かに、大《おお》きな目《め》が未来《みらい》ちゃんとそっくりや」

そうつぶやく上田《うえだ》の耳元《みみもと》に、未来《みらい》がささやく。

「わりと美人家系《びじんかけい》でしょ～？　見直《みなお》したぁ!?」

「そりぁ、あのひいおばあちゃんの家系《かけい》やもんなぁ」

改札口《かいさつぐち》は商店街《しょうてんがい》のアーケードにつながっている。僕《ぼく》らはその改札口《かいさつぐち》を出《で》て、自己紹介《じこしょうかい》を簡単《かんたん》にしてから、祥子《しょうこ》おばさんの家《いえ》を目指《めざ》して歩《ある》きはじめた。

振《ふ》り返《かえ》って駅《えき》を見《み》ると、駅《えき》もまた、一《ひと》つのお店《みせ》みたいにアーケード街《がい》にぴったりはまっているのがちょっとおかしい。

商店街《しょうてんがい》には小《ちい》さなタイルがびしっと敷《し》かれていて、左右《さゆう》にはお店《みせ》がずらりと続《つづ》いていた。

「高松《たかまつ》のアーケードって、めっちゃ長《なが》いなぁ」

みさきちゃんがつぶやく。祥子《しょうこ》おばさんが振《ふ》り返《かえ》って微笑《ほほえ》む。

「香川《かがわ》の人《ひと》はアーケードが好《す》きなの。高松中央商店街《たかまつちゅうおうしょうてんがい》には『日本一長《にほんいちなが》いアーケード街《がい》』もあるのよ」

「へえ〜日本一《にほんいち》なんやっ!?」

「せや！　宝《たから》さがしスタートや。宝探《たからさが》しの基本《きほん》は、関係者《かんけいしゃ》への聞《き》きこみやな」

そうつぶやいた上田《うえだ》は、ササッと足《あし》を速《はや》めて、祥子《しょうこ》おばさんに並《なら》んだ。

「祥子《しょうこ》おばちゃん、ちょっと話《はなし》を聞《き》いてもええやろか？」

「なに？　上田君《うえだくん》……だったかな？」

「未来《みらい》のひいおばあちゃんがもらったちゅう、すごい宝《たから》について、なにか聞《き》いたことないですか？」

祥子《しょうこ》おばさんはメガネのフレームに手《て》を当《あ》てる。

「そうそう。みんなは『小笠原《おがさわら》

家《け》の宝探《たからさが》し』を未来《みらい》のパパから頼《たの》まれたんだってね。……懐《なつ》かしいなぁ。私《わたし》たち三人兄弟《にんきょうだい》も、子供《こども》の頃《ころ》に一回《いっかい》、宝探《たからさが》しに挑《いど》んだのよね〜」

「えっ、祥子《しょうこ》おばちゃんたちも？　お父《とう》さんも？」

「ええ、未来《みらい》のパパと美代《みよ》おばさんと私《わたし》の三人《にん》で、『宝探《たからさが》すぞ』って、四国《しこく》や関西《かんさい》の親《しん》せきをまわりながらいろいろと話《はなし》を聞《き》いたの」

「……でも、パパが私《わたし》たちに依頼《いらい》したってことは……見《み》つからなかったんですよね」

「残念《ざんねん》ながら」

コクリと祥子《しょうこ》おばさんはうなずく。

「みんなから聞《き》いてわかったのは、宝物《たからもの》は松山本家《まつやまほんけ》の蔵《くら》の中《なか》にあるってことだけ……」

「えっ？　だったら、中《なか》のものをすべて外《そと》に出《だ》せば、ドーンとお宝《たから》が出《で》てくるってことじゃないの？」

そう言《い》った未来《みらい》に、祥子《しょうこ》おばさんは首《くび》を横《よこ》に振《ふ》った。

「宝物《たからもの》って書《か》いてあるならすぐにも見《み》つかるだろうけど、どんな物《もの》なのかわからないからね。なにか手《て》がかりがあればいいんだけど」

未来《みらい》は腕《うで》を組《く》んで、首《くび》をひねった。

「お宝《たから》って、プレゼントされたものなんだよね。いったい誰《だれ》からもらったんだろう」

ニヤッと笑《わら》った祥子《しょうこ》おばさんは、ポケットから手品《てじな》のようにスパッと写真《しゃしん》を出《だ》した。

「そう聞《き》かれるかと思《おも》って……昼間《ひるま》にちょっとアルバムを見《み》ていたの。そうしたら、これが出《で》てきたのよっ！」

僕《ぼく》らはドキドキしながら、祥《しょう》子《こ》おばさんが手《て》にしていた一枚《まい》の黄《き》ばんだ白黒写真《しろくろしゃしん》を見《み》た。

写真《しゃしん》にはドレスやスーツを着《き》てパーティで踊《おど》っている外国《がいこく》の人々《ひとびと》がたくさん写《うつ》っている。

「なんやこれ？」

上田《うえだ》は眉《まゆ》を寄《よ》せて、写真《しゃしん》を見《み》た。

「ひいおばあちゃんは、このパーティで知《し》りあった人《ひと》に宝物《たからもの》をもらったって……」

「こんなに人《ひと》が写《うつ》っとったら、誰《だれ》が誰《だれ》やらわからんがな。これ、どこで撮《と》った写真《しゃしん》なんやろ？」

「留学先《りゅうがくさき》みたいよ……だから」

これは重要《じゅうよう》な手《て》がかりになると思《おも》った僕《ぼく》らは、つばを飲《の》みこみ祥子《しょうこ》おばさんに注目《ちゅうもく》した。

『だから!?』


「う〜ん……外国《がいこく》のどこかねっ！」


僕《ぼく》と上田《うえだ》とみさきちゃんはいっせいにズコーとすべった。

さすが、未来《みらい》のおばさん！　かなりおおざっぱ!?

「ゴメ〜ン」

祥子《しょうこ》おばさんはテヘッと笑《わら》った。その感《かん》じも未来《みらい》とそっくり。

「外国《がいこく》って……そんなざっくり言《い》われても、なんもわからんのと同《おな》じやがなぁ〜」

上田《うえだ》は初対面《しょたいめん》でもようしゃせず、パシッと祥子《しょうこ》おばさんに突《つ》っこんだ。

「だって……、それを調《しら》べたのは、私《わたし》も小学生《しょうがくせい》の時《とき》だったしぃ……」

祥子《しょうこ》おばさんは苦笑《くしょう》する。

その時《とき》、カンカンカンカンカンカン……と音《おと》が聞《き》こえた。

僕《ぼく》は辺《あた》りを見《み》まわす。

「えっ？　どうして、アーケード街《がい》で踏切《ふみきり》の音《おと》がするんだ？」

音《おと》は前《まえ》から聞《き》こえてくる。うす暗《ぐら》いから気《き》づかなかったけど、よく見《み》ると、驚《おどろ》いたことに、少《すこ》し前《まえ》に踏切《ふみきり》があった。

アーケード街《がい》を横切《よこぎ》る踏切《ふみきり》だ！

「え――――っ!!　こんなところを電車《でんしゃ》が通《とお》るんかいなっ!?」

すぐに遮断機《しゃだんき》が下《お》り、目《め》の前《まえ》を黄《き》と白《しろ》の電車《でんしゃ》が横切《よこぎ》っていく。

ガタンガタン……ガタンガタン……ガタンガタン……。

「うわぁ」

思《おも》わず、みんなから声《こえ》がもれ出《で》た。

歩行者《ほこうしゃ》しか歩《ある》かない大《おお》きなアーケード街《がい》を通《とお》り抜《ぬ》ける電車《でんしゃ》なんて、初《はじ》めてだった。

さっきことでんに乗《の》った時《とき》、アーケード街《がい》を通《とお》り抜《ぬ》ける瞬間《しゅんかん》を見逃《みのが》したことも、僕《ぼく》は猛《もう》烈《れつ》に悔《くや》しくなった。一瞬《いっしゅん》だったからなんだろうけど、そんなのいいわけにならない。

あっという間《ま》に二両編成《りょうへんせい》の短《みじか》い電車《でんしゃ》が通《とお》り過《す》ぎ、遮断機《しゃだんき》の棒《ぼう》がまた立《た》ち上《あ》がる。

アーケード街《がい》とまっすぐに交差《こうさ》する線路《せんろ》をジャンプしながら渡《わた》りはじめたみさきちゃんの足《あし》が踏切《ふみきり》の真《ま》ん中《なか》で止《と》まった。

「みさき、なんで線路《せんろ》なんかボンヤリ見《み》てんねん」

「あのさ、この軌道幅広《きどうはばひろ》ない？」

確《たし》かに、ことでんの軌道《きどう》は少《すこ》し広《ひろ》いように思《おも》えた。

ＪＲ《ジェイアール》の在来線《ざいらいせん》は一〇六七ミリで、日本《にほん》のほとんどの鉄道《てつどう》がこれと同《おな》じ一メートル程度《ていど》。

だけど、ことでんは一メートル半《はん》くらいあったんだ。

「ええとこに気《き》がついたやないか、みさき」

上田《うえだ》は胸《むね》を張《は》ってうなずく。

片原町

「なにがええとこやねん？」

「ことでんは、なんとっ！　新幹線《しんかんせん》と同《おな》じ一四三五ミリなんや」

『へぇ～そうなんだ』

祥子《しょうこ》おばさんも、一緒《いっしょ》になって感心《かんしん》する。

「ことでんも瀬戸大橋《せとおおはし》みたいに、『いつか新幹線《しんかんせん》が通《とお》るから』と思《おも》て、そうしたんやろか？」

そう言《い》ったみさきちゃんに、上田《うえだ》は手《て》を横《よこ》に振《ふ》る。

「まさか。ちゃうちゃう。それは関係《かんけい》ないちゅうねん！」

「でも、新幹線《しんかんせん》が来《き》てほしいって、思《おも》っている人《ひと》が四国《しこく》には多《おお》いわよ」

祥子《しょうこ》おばさんはニコリと笑《わら》い、踏切《ふみきり》を渡《わた》り再《ふたた》びアーケード街《がい》を歩《ある》きだす。

「さぁ、家《いえ》はもうすぐよ。おなかすいたでしょう。今日《きょう》はみんなのために、腕《うで》によりをかけて、ごちそうを作《つく》ったから、たくさん食《た》べてね」

『は────い』

僕《ぼく》らは元気《げんき》よく手《て》を挙《あ》げて答《こた》えた。

4 どうしても行《い》きたい場所《ばしょ》

祥子《しょうこ》おばさんの家《いえ》には、びっくりするほどたくさんのごちそうが待《ま》っていた。瀬戸内海《せとないかい》のお刺身《さしみ》、焼《や》き魚《ざかな》、新鮮《しんせん》な野菜《やさい》、混《ま》ぜ寿司《ずし》、そしてお約束《やくそく》のさぬきうどん！

おなかいっぱい食《た》べて、ぐっすり眠《ねむ》って、翌朝《よくあさ》はまた美味《おい》しい朝《あさ》ごはんをいただき、僕《ぼく》らはお礼《れい》を言《い》って祥子《しょうこ》おばさんの家《いえ》をあとにした。

今日《きょう》は高知《こうち》の美代《みよ》おばさん家《ち》へ行《い》き、明日《あした》、高知《こうち》から松山《まつやま》の小笠原本家《おがさわらほんけ》を訪《たず》ねる予定《よてい》だ。

高松《たかまつ》から高知《こうち》へは土讃線《どさんせん》って路線《ろせん》を利用《りよう》するんだけど、上田《うえだ》は朝《あさ》から、「俺《おれ》は絶対《ぜったい》に行《い》かなあかん駅《えき》があるっ！」となぜかすっごく盛《も》りあがっている。

片原町《かたはらまち》8時《じ》40分発《ぷんはつ》の電車《でんしゃ》に乗《の》り、一駅先《ひとえきさき》の高松築港《たかまつちっこう》に8時《じ》43分《ぷん》に到着《とうちゃく》。

ことでんの高松築港《たかまつちっこう》からJR《ジェイアール》高松駅《たかまつえき》までは、徒歩約《とほやく》五分《ふん》だ。

「あれっ！　顔《かお》になっているよっ」

JR《ジェイアール》の駅舎《えきしゃ》を指差《ゆびさ》して、未来《みらい》が叫《さけ》んだ。

「本当《ほんとう》やぁ」

みさきちゃんも声《こえ》を合《あ》わせる。

昨日《きのう》は気《き》づかなかったけど、高松《たかまつ》の駅舎《えきしゃ》は、吹《ふ》き抜《ぬ》けのガラスが人《ひと》の笑《わら》った顔《かお》みたいになっていた。

屋根《やね》のゆるいカーブが頭《あたま》、ガラスに貼《は》られた白《しろ》いステッカーが目《め》と口《くち》。

そして右下《みぎした》には「SHIKOKU《シコク》　SMILE《スマイル》　STATION《ステーション》」（四国《しこく》、笑顔《えがお》の駅《えき》）と書《か》いてあるんだ。

思《おも》わず僕《ぼく》らも笑顔《えがお》になっちゃうよね。

その駅舎《えきしゃ》に入《はい》り、僕《ぼく》らはまっすぐに、みどりの窓口《まどぐち》へ向《む》かう。

「高知《こうち》までの乗車券《じょうしゃけん》と特急券《とっきゅうけん》を買《か》わなきゃね」

お父《とう》さんからもらってきた、お金《かね》の入《はい》った封筒《ふうとう》をバッグから取《と》り出《だ》した未来《みらい》に、僕《ぼく》は言《い》う。

「ここは『四国《しこく》フリーきっぷ』を買《か》ったほうがいいんじゃない？」

「四国《しこく》フリーきっぷ？」

「うん。だって高知《こうち》へ行《い》くだけでも、運賃《うんちん》と特急料金《とっきゅうりょうきん》で二一九〇円《えん》もするよ。明日《あした》、松山《まつやま》へ行《い》くのもそれくらいかかるし、帰《かえ》りも考《かんが》えると三日間《みっかかん》ＪＲ《ジェイアール》四国全線《しこくぜんせん》を自由《じゆう》に乗《の》り降《お》りできて、小人《こども》八〇七〇円《えん》の四国《しこく》フリーきっぷのほうが得《とく》じゃない？」

「そんなお得《とく》なきっぷがあるんだ!?」

「うん。しかも、ＪＲ《ジェイアール》四国内《しこくない》すべての特急列車自由席《とっきゅうれっしゃじゆうせき》に乗《の》れるんだよ」

四国《しこく》フリーきっぷで乗《の》れる範囲《はんい》

三日間《みっかかん》JR全線《ジェイアールぜんせん》と土佐《とさ》くろしお鉄道《てつどう》(窪川《くぼかわ》〜若井間《わかいかん》)の
●普通列車《ふつうれっしゃ》
●特急列車普通車自由席《とっきゅうれっしゃふつうしゃじゆうせき》
が乗《の》り放題《ほうだい》!

「すっご〜い！」

「ローカル線《せん》を多《おお》く含《ふく》むJR《ジェイアール》では、お得《とく》なフリーきっぷが多《おお》いんや。せやから、地方《ちほう》をまわる時《とき》は、ホームページを一度《いちど》はチェックしたほうがええで」

そうつけ加《くわ》えた上田《うえだ》を見《み》て、未来《みらい》は頬《ほお》に手《て》を当《あ》て、首《くび》をかしげる。

「どうして、地方《ちほう》のJR《ジェイアール》では、お得《とく》なきっぷが多《おお》いのかな？」

「それはJR《ジェイアール》が『旅行《りょこう》で利用《りよう》する人《ひと》が増《ふ》えてほしい』って、思《おも》てるからやろなぁ」

「よしっ！　じゃあ、四国《しこく》フリーきっぷで決《き》まりだね！」

未来《みらい》は駅員《えきいん》さんのいる窓口《まどぐち》で、四国《しこく》フリーきっぷを四枚《まいか》買った。

未来《みらい》から受《う》け取《と》ったきっぷには「四国《しこく》フリーきっぷ」と黒字《くろじ》で大《おお》きく書《か》いてあった。そして、もう一枚《まい》別添《べつぞ》えの案内《あんない》があって、そこにはさっき、僕《ぼく》が言《い》っていたような使用上《しようじょう》のルールが説明《せつめい》してある。

『ありがとう、未来《みらい》！』

僕《ぼく》と上田《うえだ》とみさきちゃんは声《こえ》を合《あ》わせた。

八〇七〇円《えん》！　おごってもらっちゃって、申《もう》しわけない気分《きぶん》！

「これは必要経費《ひつようけいひ》よ。みんなには宝探《たからさが》しをお願《ねが》いしているんだから」

「ほんますごいなぁ。未来《みらい》ちゃんのおかげや。これで三日間《みっかかん》ＪＲ《ジェイアール》四国《しこく》の特急自由席《とっきゅうじゆうせき》まで乗《の》り放題《ほうだい》やなんて……」

みさきちゃんがぺこりと頭《あたま》を下《さ》げた。

上田《うえだ》は自動改札機前《じどうかいさつきまえ》できっぷを高《たか》くかかげる。


「よ――し!! いくでぇＪＲ《ジェイアール》四国《しこく》！ 三日間《みっかかん》乗《の》りまくって、元取《もとと》ったるでぇ!!」


そんな上田《うえだ》を見《み》て駅員《えきいん》さんがくすっと笑《わら》った。

たちまちみさきちゃんの顔《かお》が真《ま》っ赤《か》になる。

「もう、恥《は》ずかしいなぁ。ほんまに大阪人《おおさかじん》は『元取《もとと》る』のが好《す》きやねんから……」

素早《すばや》く改札口《かいさつぐち》を通《とお》り抜《ぬ》けたみさきちゃんは、右腕《みぎうで》をさっと上田《うえだ》の首《くび》にからませた。

出《で》たっ！ みさきちゃん必殺《ひっさつ》のラリアット!!

上田《うえだ》は舌《した》を出《だ》して「うぇ」となりながら、引《ひ》っ張《ぱ》られていく。

「た……たっすけてぇ〜」

ズリズリと引《ひ》きずられていく上田《うえだ》を見《み》て、僕《ぼく》と未来《みらい》は顔《かお》を見《み》あわせて、それから同時《どうじ》にぷっと笑《わら》う。

「上田《うえだ》が『乗《の》り放題《ほうだい》』って言葉《ことば》でテンションが上《あ》がるのも無理《むり》ないよな」

「うん！　いっぱい電車《でんしゃ》が撮《と》れるってことだもんねっ！」

「そういうこと！」

僕《ぼく》と未来《みらい》も改札口《かいさつぐち》を抜《ぬ》けて駅構内《えきこうない》へと入《はい》る。

7番線《ばんせん》には、横《よこ》から見《み》るとグーみたいな形《かたち》をしている8600系電車《けいでんしゃ》を使用《しよう》した『特急《とっきゅう》いしづち』が二両編成《りょうへんせい》で停車《ていしゃ》していた。

5番線《ばんせん》には昨日僕《きのうぼく》らが乗《の》ってきた『快速《かいそく》マリンライナー』、1番線《ばんせん》には徳島方面《とくしまほうめん》へ向《む》かう白《しろ》と水色《みずいろ》に塗《ぬ》られたキハ40形気動車《がたきどうしゃ》の普通列車《ふつうれっしゃ》が停車《ていしゃ》している。

高松《たかまつ》には古《ふる》い列車《れっしゃ》から新《あたら》しい列車《れっしゃ》まで、さらに電車《でんしゃ》・気動車《きどうしゃ》とバリエーションがそろっていて、新《あたら》しい電車《でんしゃ》が駅《えき》へ入《はい》ってくるたびに「次《つぎ》はなに？」と僕《ぼく》はウキウキしてしまう。

僕《ぼく》と未来《みらい》は、天井《てんじょう》から吊《つ》られていた列車案内板《れっしゃあんないばん》を見《み》あげた。

「次《つぎ》の高知方面《こうちほうめん》は8時《じ》57分発《ふんはつ》『南風《なんぷう》リレー号《ごう》』で、4番線《ばんせん》ね」

僕《ぼく》はケータイで乗《の》り継《つ》ぎを調《しら》べる。

「この電車《でんしゃ》に乗《の》って、宇多津《うたづ》って駅《えき》で『特急南風《とっきゅうなんぷう》3号《ごう》』に乗《の》り換《か》えればいいみたい」

「よし、行《い》こう！」

4番線《ばんせん》に停《と》まっていたのは、銀《ぎん》の車体《しゃたい》の中央《ちゅうおう》に水色《みずいろ》の帯《おび》がスパッと入《はい》った二両編成《りょうへんせい》の電《でん》車《しゃ》だった。

「四国《しこく》フリーきっぷで乗《の》る一《ひと》つめの列車《れっしゃ》は、この『南風《なんぷう》リレー号《ごう》』……っと」

未来《みらい》はぼそぼそつぶやきながら、カシャリと電車《でんしゃ》の正面《しょうめん》をデジカメで撮《と》った。

撮《と》り鉄《てつ》の人《ひと》は、こんなふうに、自分《じぶん》が乗《の》る電車《でんしゃ》の正面《しょうめん》からの写真《しゃしん》をすべて撮《と》っておきたいんだ。

「へぇ～121系《けい》が現役《げんえき》なんだ」

僕《ぼく》は黒《くろ》ずんだ車体《しゃたい》を見《み》まわしながら言《い》う。

南風《なんぷう》リレー号《ごう》に使《つか》われている121系《けい》が製造《せいぞう》されたのは、JR《ジェイアール》の前《まえ》の国鉄時代《こくてつじだい》。とても古《ふる》い車両《しゃりょう》なんだ。

発車時間《はっしゃじかん》が近《ちか》づいてきたので中《なか》へと入《はい》る。

車内《しゃない》は通路《つうろ》をはさんで左右《さゆう》に四人用《よにんよう》のボックスシートが並《なら》んでいた。

少《すこ》し黄《き》ばんだ壁《かべ》や、赤《あか》いモケットの張《は》られたシートが、とってもレトロ。

僕《ぼく》らは先頭車《せんとうしゃ》の一番前《いちばんまえ》のボックスシートに座《すわ》った。

フルルルルルルルルルルルルル……。

8時《じ》57分《ふん》になると、発車《はっしゃ》ベルが鳴《な》り、扉《とびら》がパタンと閉《し》まる。

電車《でんしゃ》はスルスルとすべりだし、三本並《ぼんなら》んでいる線路《せんろ》の、真《ま》ん中《なか》を走《はし》っていく。

ちなみに一番左側《いちばんひだりがわ》の線路《せんろ》は徳島《とくしま》へと向《む》かう高徳線《こうとくせん》。高徳線《こうとくせん》はしばらくすると、左《ひだり》へ大《おお》きくカーブしながら消《き》えていった。

「あっ！　車両基地《しゃりょうきち》！」

未来《みらい》が右側《みぎがわ》にカメラを向《む》ける。みんなも車窓《しゃそう》にくぎづけになる。

車両基地《しゃりょうきち》には線路《せんろ》が平行《へいこう》して並《なら》び、ＪＲ《ジェイアール》四国《しこく》の列車《れっしゃ》がたくさん停《と》まっていた。

「ここは高松運転所《たかまつうんてんじょ》らしいでぇ」

上田《うえだ》がケータイで地図《ちず》を調《しら》べて教《おし》えてくれる。

高松運転所《たかまつうんてんじょ》には、列車《れっしゃ》を入《い》れる大《おお》きな建物《たてもの》があり、ここで整備《せいび》なんかをしているんだ。

坂出《さかいで》を過《す》ぎると、線路《せんろ》はコンクリート製《せい》の高架《こうか》の上《うえ》を走《はし》りだす。

そして右《みぎ》の車窓《しゃそう》、はるか遠《とお》くに瀬戸《せと》大橋《おおはし》の橋《はし》げたが見《み》えはじめた。

これからが鉄道《てつどう》ビューポイント！

高松《たかまつ》、岡山《おかやま》、松山方面《まつやまほうめん》からの電車《でんしゃ》がクロスする場所《ばしょ》。

どの方面《ほうめん》から来《き》ても、それぞれの目的地《もくてきち》へ行《い》けるように、上《うえ》から線路《せんろ》を見《み》ると、巨大《きょだい》な「△」の形《かたち》を作《つく》っているんだ。

電車《でんしゃ》の中《なか》からでも、目《め》をこらしてよーく注意《ちゅうい》して見《み》ると、高架橋《こうかきょう》がダイナミックな三角形《さんかくけい》を

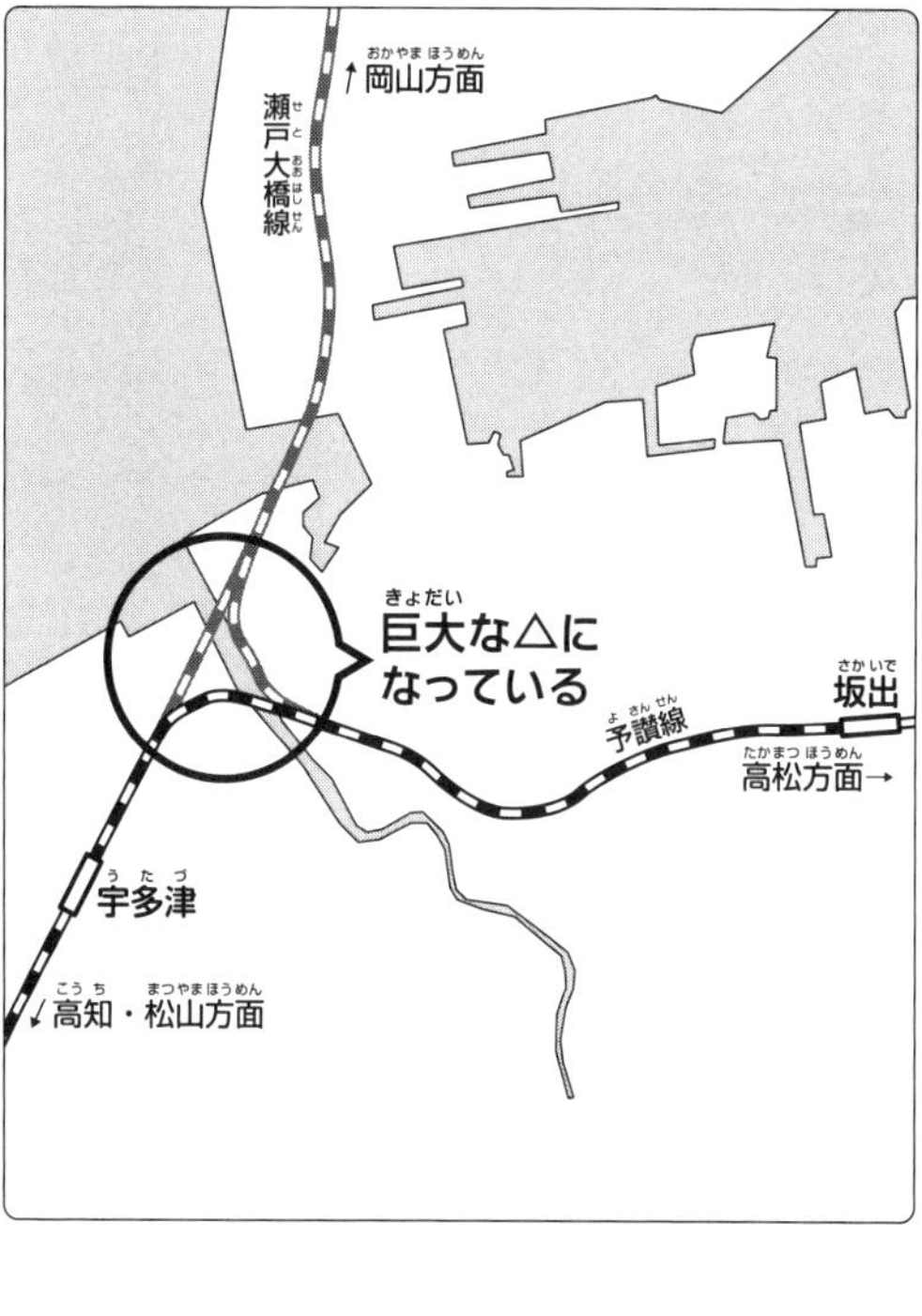

しているのがわかる。

南風《なんぷう》リレー号は9時《じ》31分《ぷん》に、乗《の》り換《か》え駅《えき》の宇多津《うたづ》の1番線《ばんせん》に到着《とうちゃく》。

2番線《ばんせん》に停車中《ていしゃちゅう》の特急南風《とっきゅうなんぷう》3号《ごう》へと乗《の》り換《か》える。

四両編成《りょうへんせい》の南風《なんぷう》3号《ごう》の使用車両《しようしゃりょう》は、2000系《けい》って名前《なまえ》の特急用気動車《とっきゅうようきどうしゃ》。

ダダダダダダダダダダダダダッ……。

車体《しゃたい》からはディーゼルエンジンの音《おと》が響《ひび》き、ホームには排気《はいき》ガスの臭《にお》いが漂《ただよ》っていた。

2000系《けい》の高知方面《こうちほうめん》の先頭車《せんとうしゃ》は、フロントノーズがかっこよく斜《なな》めにカットされている。

「四国《しこく》フリーきっぷで二《ふた》つめは特急南風《とっきゅうなんぷう》3号《ごう》やな。未来《みらい》ちゃん、先頭撮《せんとうと》るんやろ?」

「でも、時間《じかん》が……」

遠慮《えんりょ》している未来《みらい》の手《て》を上田《うえだ》はパシッとつかんで走《はし》りだす。

「まだ、大丈夫《だいじょうぶ》やって！　行《い》こう！」

「うんっ！」

デジカメを持《も》ち、未来《みらい》もダッシュ。

その時《とき》、僕《ぼく》の横《よこ》で録音《ろくおん》していたみさきちゃんは、ふっと隣《となり》の南風《なんぷう》リレー号《ごう》の屋根《やね》を見上《みあ》げた。

「あれ……電車《でんしゃ》や」

「どうしたの？」

みさきちゃんは、121系《けい》の屋根《やね》を指差《ゆびさ》す。

「パンタグラフがあるし、上《うえ》には架線《かせん》もあるってことは、ここは電化《でんか》されてるってことやろ？　せやのに、特急南風《とっきゅうなんぷう》3号《ごう》は、なんで気動車《きどうしゃ》なんかなぁ～と思《おも》て……」

僕《ぼく》はケータイで四国《しこく》の路線図《ろせんず》を出《だ》して見《み》せる。

「JR《ジェイアール》四国《しこく》で電化《でんか》されているのは、岡山《おかやま》へ向《む》かう『瀬戸大橋線《せとおおはしせん》』と、高松《たかまつ》から愛媛県《えひめけん》の伊予市《いよし》までの区間《くかん》の『予讃線《よさんせん》』だけで、高知《こうち》へ向《む》かう『土讃線《どさんせん》』は琴平《ことひら》から向《む》こうは非電化《ひでんか》なんだ」

みさきちゃんは、はっと口《くち》を開《ひら》いた。

「JR《ジェイアール》四国《しこく》の電化区間《でんかくかん》ってそんな少《すく》ないん!?」

「そう。この南風《なんぷう》は琴平《ことひら》、大歩危《おおぼけ》を通《とお》って、高知県《こうちけん》の中村《なかむら》まで行《い》く特急《とっきゅう》なんだ。だから、この先《さき》にある非電化区間《ひでんかくかん》を通《とお》らなくちゃいけない。そこでディーゼルカーの2000系《けい》を使《つか》っているってわけ」

「なあるほど、そういうことかあ」

「簡単《かんたん》に言《い》うと、JR《ジェイアール》四国《しこく》の電《でん》車《しゃ》は、瀬戸内海側《せとないかいがわ》の路線《ろせん》だけなんだよ」

特急南風《とっきゅうなんぷう》3号《ごう》の先頭《せんとう》を撮影《さつえい》しにいった未来《みらい》と上田《うえだ》は、僕《ぼく》らの立《た》っていた2号車《ごうしゃ》のドア前《まえ》まで、あっという間《ま》に戻《もど》ってきた。

運動《うんどう》が得意《とくい》な未来《みらい》は、こんなダッシュくらいじゃ息《いき》も乱《みだ》れない。

「早《はや》っ！」

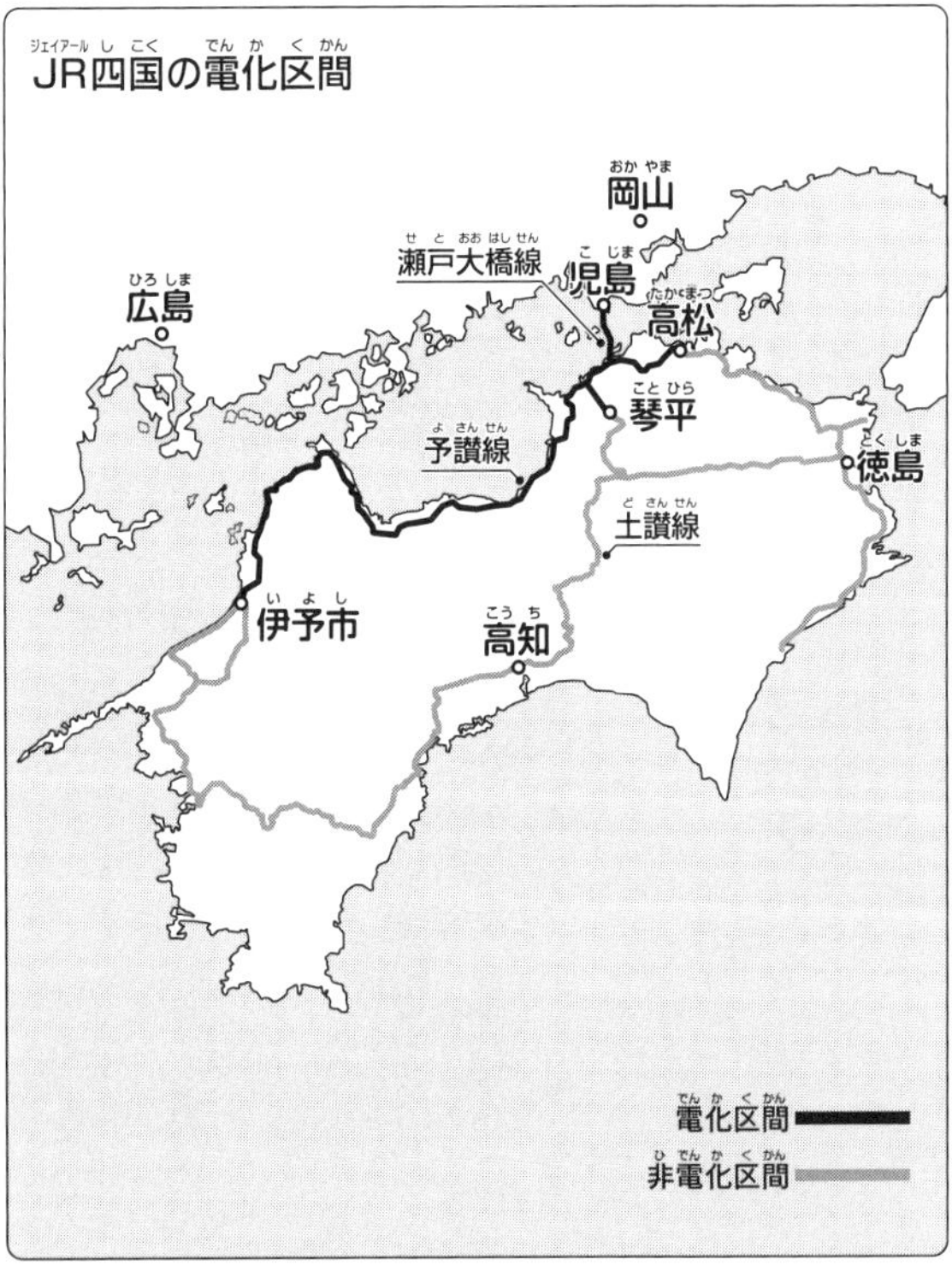

「だって、四国《しこく》の列車《れっしゃ》って短《みじか》いんだもん」

未来《みらい》の隣《となり》に並《なら》んでいる上田《うえだ》がうなずく。

「確《たし》かになぁ。特急《とっきゅう》やけど、たったの四両編成《りょうへんせい》やもんな」

「だから、一分《いっぷん》の乗《の》り換《か》えでも余裕《よゆう》で先頭《せんとう》が撮《と》れちゃう。やったね！」

未来《みらい》はデジカメを右手《みぎて》に持《も》ってニカッと笑《わら》った。

列車《れっしゃ》は一両約《りょうやく》二十メートル。

学校《がっこう》の五十メートル走《そう》だと、だいたい、平均《へいきん》九秒前後《びょうぜんご》ってところだよね。

そう考《かんが》えると、一両《りょう》を走《はし》り抜《ぬ》けるには五秒《びょう》くらい。写真《しゃしん》を五秒《びょう》で撮《と》って戻《もど》ってきても往《おう》復《ふく》二十秒《びょう》もあればできちゃうんだ。

でも、一編成《へんせい》が十両以上《じゅうりょういじょう》も並《なら》ぶ関東《かんとう》だと無理《むり》なので、気《き》をつけてね。

僕《ぼく》らは2号車《ごうしゃ》と1号車《ごうしゃ》の間《あいだ》のデッキから車内《しゃない》へと入《はい》った。

先頭方向《せんとうほうこう》の1号車《ごうしゃ》は、前半分《まえはんぶん》がグリーン車《しゃ》で後《うし》ろ半分《はんぶん》が普通車指定席《ふつうしゃしていせき》。

グリーン車《しゃ》は横一列《よこいちれつ》に三席《せき》しか並《なら》ばない、ゆったりシートだ。

ホームに発車《はっしゃ》ベルが鳴《な》り響《ひび》き、すぐにプシュュと扉《とびら》が閉《し》まる。

9時《じ》32分《ふん》に南風《なんぷう》3号《ごう》は宇多津《うたづ》を発車《はっしゃ》した。

四国《しこく》フリーきっぷで乗《の》れるのは特急《とっきゅう》の自由席《じゆうせき》だけ。南風《なんぷう》3号《ごう》の場合《ばあい》は、3号車《ごうしゃ》と4号車《ごうしゃ》だ。

グレーの扉《とびら》を開《ひら》いて2号車《ごうしゃ》に入《はい》ると、青《あお》いシートが左右《さゆう》に二列《れつ》ずつ並《なら》んでいた。

「うわぁ〜ピッカピカ！」

通路《つうろ》だけではなく全体《ぜんたい》が、木目調《もくめちょう》で統一《とういつ》されている。

上田《うえだ》は、左右《さゆう》が大《おお》きく張《は》りだしたヘッドレストを備《そな》えたシートに手《て》を伸《の》ばして、感心《かんしん》したように言《い》う。

「うわぁ、このシート、手《て》ざわりが最高《さいこう》。気持《きも》ちええ。車体《しゃたい》は古《ふる》いけど車内《しゃない》はリニューアルしたんやな」

「だから、ピカピカなのかぁ」

未来《みらい》はすかさずデジカメで撮影《さつえい》。

「こうやって、車両《しゃりょう》を大事《だいじ》に使《つか》うのはいいよね」

僕《ぼく》らは顔《かお》を見《み》あわせてうなずきあった。

もちろん、僕《ぼく》らは北海道《ほっかいどう》新幹線《しんかんせん》や北陸《ほくりく》新幹線《しんかんせん》みたいな新《あたら》しい車両《しゃりょう》も大好《だいす》き。そして、小《ちい》さな頃《ころ》に乗《の》った古《ふる》い車両《しゃりょう》も、いつまでも走《はし》っていてほしいと思《おも》っている。鉄道《てつどう》車両《しゃりょう》は古《ふる》くなると、レトロ感《かん》が出《で》て味《あじ》わいがあるからだ。

「せっかくやし、最後尾《さいこうび》車《しゃ》へ行《い》こっ！」

みさきちゃんがピッと指差《ゆびさ》す。

列車《れっしゃ》の特等席《とくとうせき》は先頭《せんとう》車《しゃ》だけれど、特急《とっきゅう》南風《なんぷう》の先頭《せんとう》はグリーン車《しゃ》。

僕《ぼく》たちは座《すわ》ることができない。

こんな時《とき》は、最後尾《さいこうび》車《しゃ》がおすすめだ。

なぜなら、最後尾《さいこうび》車《しゃ》は先頭《せんとう》車《しゃ》とだいたい同《おな》じ形《かたち》だし、最後尾《さいこうび》だからこそ見《み》える景色《けしき》もあるからだ。

というわけで、3号《ごう》車《しゃ》を横切《よこぎ》り、4号《ごう》車《しゃ》に。ずんずん後《うし》ろに歩《ある》いていった。

「やった！　車掌《しゃしょう》さんのいる乗務員《じょうむいん》室《しつ》を通《とお》して、後《うし》ろへ流《なが》れるレールが見《み》える」

最後尾《さいこうび》からの眺《なが》めに、僕《ぼく》は思《おも》わずガッツポーズ。

「わっ。すごっ。まるで後部《こうぶ》展望《てんぼう》車《しゃ》みたいやん！」

「本当《ほんとう》だ。ラッキー。最後尾《さいこうび》もすてき！」

デジカメを構《かま》えた未来《みらい》は、すぐにシャッターを切《き》りはじめる。

「先頭《せんとう》がダメなら、最後尾《さいこうび》だね。やっぱり！」

「うん！」

中《なか》はガラガラだったので、後《うし》ろから一《ひと》つ手前《てまえ》のシートをクルリと回《まわ》して、向《む》かいあわせの四人席《よにんせき》を作《つく》る。

２０００系《けい》の窓《まど》は二席分《せきぶん》を、横《よこ》につなげたような大《おお》きなサイズだった。

すぐに前《まえ》から車掌《しゃしょう》さんがやってきた。

「きっぷを拝見《はいけん》します」

四国《しこく》フリーきっぷを出《だ》して見《み》せると、車掌《しゃしょう》さんは日付《ひづけ》を確認《かくにん》した。

「みんなは、どこまで行《い》くの？」

「大歩危《おおぼけ》までです」

僕《ぼく》が代表《だいひょう》して答《こた》えると、

「ゆっくりと四国《しこく》の鉄道《てつどう》の旅《たび》を楽《たの》しんでくださいね」

車掌《しゃしょう》さんはニコリと笑《わら》ってくれた。

丸亀《まるがめ》を過《す》ぎると高架《こうか》を降《お》りる。

特急《とっきゅう》なので小《ちい》さな駅《えき》はどんどん通過《つうか》していく。

次《つぎ》の多度津《たどつ》で松山方面《まつやまほうめん》に行《い》く予讃線《よさんせん》と分《わ》かれ、特急南風《とっきゅうなんぷう》は高知《こうち》へ向《む》かう土讃線《どさんせん》へと入《はい》る。

ここからは線路《せんろ》も一本《いっぽん》。単線《たんせん》だ。

善通寺《ぜんつうじ》を過《す》ぎ、琴平《ことひら》に到着《とうちゃく》したのは9時《じ》54分《ぷん》。

琴平《ことひら》は、昭和《しょうわ》にタイムスリップしたような駅《えき》だった。

ホームには縦書《たてが》きの旅館《りょかん》の看板《かんばん》が置《お》かれていて、○の中《なか》に黒字《くろじ》で「金《きん》」と書《か》かれた白《しろ》いちょうちんが線路《せんろ》に沿《そ》ってズラリと並《なら》んでいる。

赤《あか》い瓦《かわら》を載《の》せた三角屋根《さんかくやね》の駅舎《えきしゃ》は、古《ふる》い木造校舎《もくぞうこうしゃ》みたいだった。

9時《じ》55分《ふん》に琴平《ことひら》を出発《しゅっぱつ》した南風《なんぷう》3号《ごう》は、緑《みどり》の山々《やまやま》が間近《まぢか》に迫《せま》る谷《たに》のような場《ば》所《しょ》を走《はし》る。

塩入《しおいり》、黒川《くろかわ》、讃岐財田《さぬきさいだ》と、小《ちい》さな駅舎《えきしゃ》と短《みじか》いホームしかない駅《えき》が続《つづ》く。

トンネルを一本通《いっぽんとお》るたびに山《やま》が高《たか》く深《ふか》くなり、一気《いっき》に山岳鉄道《さんがくてつどう》みたいな風景《ふうけい》に変《か》わっていく。

キィイイイン。

レールからは車輪《しゃりん》のこすれる音《おと》が聞《き》こえ、勾配《こうばい》に負《ま》けないようにとゴォォォォとディーゼルエンジンが大《おお》きな音《おと》を立《た》てる。

「ええ音《おと》やなぁ〜」

みさきちゃんはニコニコしながら、その走行音《そうこうおん》を録音《ろくおん》し続《つづ》けている。

鉄橋《てっきょう》を渡《わた》りながら下《した》を流《なが》れる吉野川《よしのがわ》を見《み》たり、高《たか》い場所《ばしょ》を走《はし》っていた時《とき》には町《まち》が見下《みお》ろせたり……。

僕《ぼく》らは席《せき》を離《はな》れて移動《いどう》して、絶景《ぜっけい》を目《め》に焼《や》きつけたり、カメラやケータイで撮影《さつえい》したりした。

やがて、線路沿《せんろぞ》いに川《かわ》が見《み》えてきた。

グネグネ曲《ま》がった川《かわ》だ。その両側《りょうがわ》に、壁《かべ》のように巨石《きょせき》や奇岩《きがん》が並《なら》んでいる。

そしてその崖《がけ》に張《は》りつくように、レールが走《はし》っていた。

「すっげぇ！」

「こんなところに線路《せんろ》を通《とお》すなんて、大変《たいへん》だったろうね」

「びっくりやん」

「人間《にんげん》て、ほんま偉《えら》いな」

僕《ぼく》らは口々《くちぐち》につぶやく。

これが大歩危《おおぼけ》って呼《よ》ばれている場所《ばしょ》なんだ。

線路沿《せんろぞ》いに見《み》えている川《かわ》は吉《よし》野川《のがわ》で、ここから約《やく》八キロにわたり、土讃線《どさんせん》で最《もっと》も景色《けしき》が美《うつく》しいところなんだって。

やがて大歩危駅《おおぼけえき》に近《ちか》づき、列《れっ》車《しゃ》は減速《げんそく》しはじめた。

左《ひだり》に大《おお》きくカーブしたあと、上《うえ》に赤《あか》い陸橋《りっきょう》のかかるホームに南風《なんぷう》3号《ごう》は停車《ていしゃ》した。

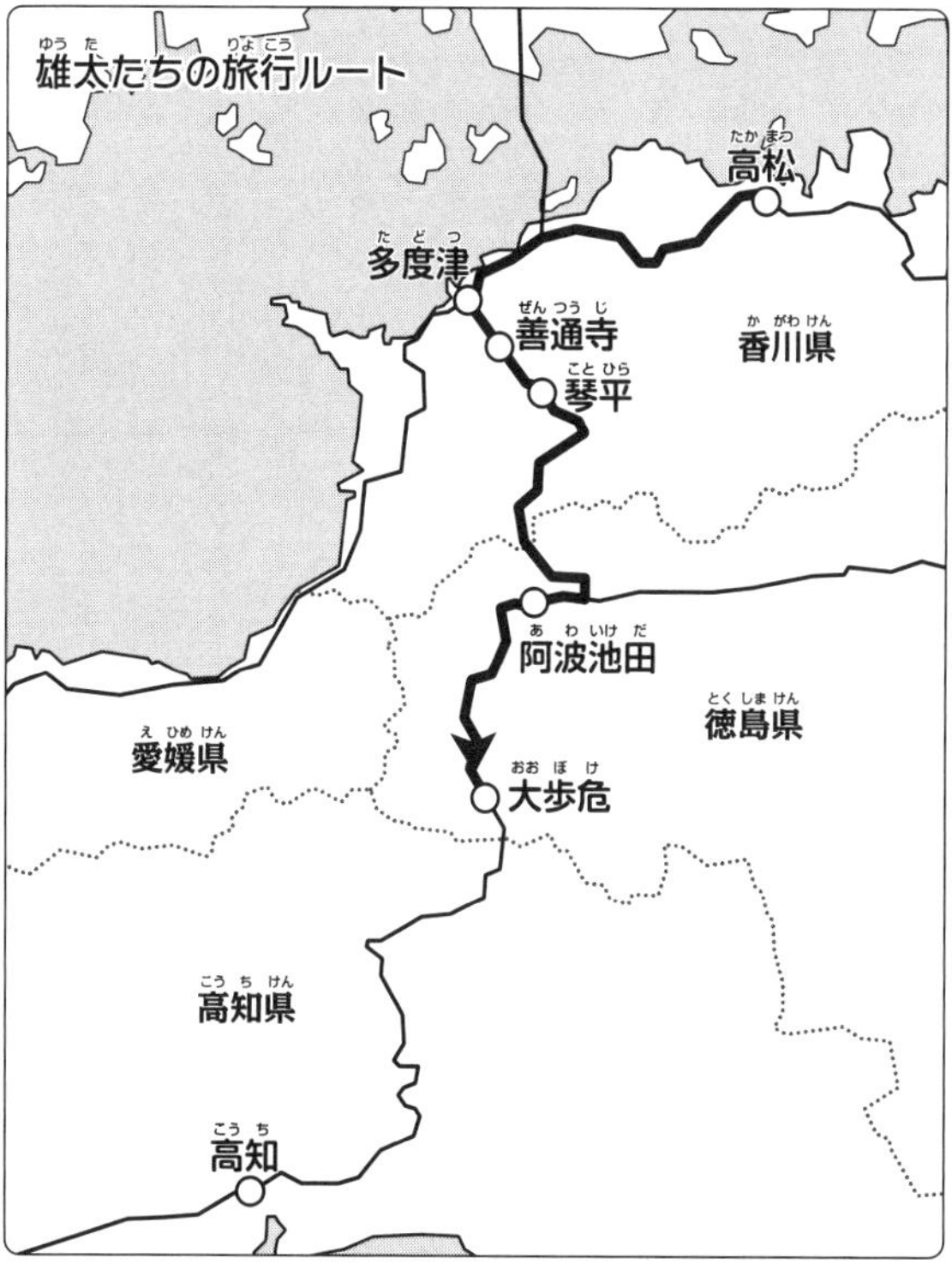

到着時刻《とうちゃくじこく》は10時《じ》37分《ふん》。宇多津《うたづ》から約《やく》一時間《じかん》の、めっちゃ景色《けしき》のきれいな行程《こうてい》だった。

僕《ぼく》らは荷物《にもつ》を持《も》ってデッキへ移動《いどう》し、車両《しゃりょう》から出《で》てホームに降《お》り立《た》つ。

「なんやシンプル〜な駅《えき》やなぁ」

確《たし》かに上田《うえだ》の言《い》うとおり。ホームには小《ちい》さな木製《もくせい》の屋根《やね》がちょこんとあるだけだった。

「きっと、昔《むかし》のままなんじゃない？」

写真《しゃしん》を撮《と》りながら未来《みらい》が言《い》う。みさきちゃんが振《ふ》り向《む》いて上田《うえだ》を見《み》た。

「上田《うえだ》、なんでこんな駅《えき》に降《お》りたかったんや？」

「関西人《かんさいじん》の俺《おれ》としては、ここへは一回来《いっかいき》とかなあかんなぁと思《おも》てな」

上田《うえだ》はすたすたとみんなを追《お》い越《こ》し、ホームの中央《ちゅうおう》まで進《すす》むと、駅名看板《えきめいかんばん》の前《まえ》に立《た》って手《て》を合《あ》わせた。スリスリともみ手《て》をしながら、目《め》をつむってなにかブツブツ唱《とな》えている。

上田《うえだ》は「おもしろくなりますように……おもしろくなりますように……」と、必死《ひっし》に祈《いの》っていた。

なっ、なんだそりゃ!?

「うわっ、ついに壊《こわ》れた!?」

みさきちゃんがそんな上田《うえだ》を気味悪《きみわる》そうに見《み》て、叫《さけ》ぶ。

「なにやってんの？」

上田《うえだ》は目《め》を閉《と》じたまま、僕《ぼく》に答《こた》える。

「ここは『おおぼけ』やぞ。つまりすごいボケの神《かみ》さんちゅうことや」

いや、それはなにか違《ちが》うと思《おも》う。

「おおぼけっちゅうくらいやからな。ここでしっかりお願《ねが》いしたら、『ボケ』がめっちゃうまくなるに違《ちが》いない！」

いやいやいや。

「てか……、上田《うえだ》は今《いま》でもおもしろいのに、もっとボケがうまくなりたいの？」

上田《うえだ》はニカッと目《め》を開《ひら》いた。

「俺《おれ》なんて関西《かんさい》じゃまだまだや。クラスにはもっとおもろいやつがおる」

「そっ、そうなの!?」

恐《おそ》るべしお笑《わら》い激戦区《げきせんく》関西《かんさい》。

「関西《かんさい》じゃおもろないやつはモテへんからな」

僕《ぼく》があっははと力《ちから》なく笑《わら》っていると、そこへ未来《みらい》がやってきてさらりと言《い》った。

「おおぼけのボケはそういう意味《いみ》じゃないよ」

「へえっ!?」

上田《うえだ》は目《め》を見開《みひら》いて驚《おどろ》く。未来《みらい》は、ホーム上《うえ》の看板《かんばん》を指差《ゆびさ》した。

「昔《むかし》、ここを通《とお》った人《ひと》が、大《おお》またで歩《ある》いても、小《こ》またで歩《ある》いても、危険《きけん》な渓谷《けいこく》だったから、『大歩危《おおぼけ》、小歩危《こぼけ》』って名前《なまえ》が付《つ》いた』って、書《か》いてあるわよ」


「なに――――っ!? ここはボケの聖地《せいち》とちゃうんか――――!!」


上田《うえだ》の叫《さけ》び声《ごえ》は、大歩危《おおぼけ》渓谷《けいこく》にこだました。みさきちゃんは容赦《ようしゃ》なく、パシッと上田《うえだ》の肩《かた》に突《つ》っこむ。

「んなことあるわけないやろっ!」

「あたっ!」

上田《うえだ》は思《おも》わずのけぞる。

そんな二人《ふたり》がおかしくて、僕《ぼく》らは大笑《おおわら》い。

僕《ぼく》は上田《うえだ》に向《む》かって微笑《ほほえ》んだ。

「でもよかったじゃん」

「なにがや、雄太《ゆうた》。絶対《ぜったい》ボケの神《かみ》さんと思《おも》てたのに……あ～ぁ」

上田《うえだ》は口《くち》をとがらせた。

「そう思《おも》ってここへ来《く》るなんて、上田《うえだ》のボケはすごくさえてるじゃん！」

「おっ、おう。雄太《ゆうた》、よく気《き》がついてくれた。まぁ、俺《おれ》のボケはスケールがちゃうからなっ。アッハハハ……」

胸《むね》を張《は》る上田《うえだ》の胸《むね》を、みさき

ちゃんがまたポンとたたく。

「単《たん》に『天然《てんねん》』だからやろっ！」

「んなことないわい」

上田《うえだ》は恥《は》ずかしそうに顔《かお》を赤《あか》らめた。

それから僕《ぼく》らは、駅《えき》のホームからつながっている小《ちい》さな遊歩道《ゆうほどう》を歩《ある》いたり、景色《けしき》を見《み》たりして大歩危《おおぼけ》を楽《たの》しんだ。

いつの間《ま》にか11時《じ》を過《す》ぎていたので、みんなに向《む》かって僕《ぼく》は声《こえ》をかける。

「ちょっと早《はや》いけど、ここでお昼《ひる》ごはんにしようか？」

『さんせ――!!』

僕《ぼく》らは駅舎《えきしゃ》へ向《む》かって歩《ある》きだす。

側《そば》を流《なが》れる吉野川《よしのがわ》の川音《かわおと》と、どこか遠《とお》くで鳴《な》く鳥《とり》の声《こえ》だけが響《ひび》いていた。

5 思《おも》い出《で》の歌《うた》

大歩危《おおぼけ》の駅舎《えきしゃ》は、古《ふる》い木造《もくぞう》の建物《たてもの》。

駅前《えきまえ》には小《ちい》さなロータリーがあって、上《のぼ》りの坂道《さかみち》へ続《つづ》いている。

僕《ぼく》らは、その坂道《さかみち》の途中《とちゅう》にあるスーパーのイートインでお昼《ひる》ごはんを食《た》べることにした。

ここで僕《ぼく》と上田《うえだ》はそばを、未来《みらい》とみさきちゃんはうどんを頼《たの》んだ。

このそばが絶品《ぜっぴん》だった。

うどんと同《おな》じくらい太《ふと》くって、もちもちしているんだ。

それに水《みず》の美味《おい》しさといったら――。

店《みせ》のおばさんが「暑《あつ》いからね」と水道水《すいどうすい》をコップについでくれたんだけど、これがまるでよく冷《ひ》えたペットボトルのミネラルウォーターみたい。

そんなおいしいお昼《ひる》ごはんを食《た》べていると、あっという間《ま》に時間《じかん》が経《た》っちゃう。
大歩危《おおぼけ》へ戻《もど》って駅舎《えきしゃ》を見学《けんがく》し、それから高知行《こうちいき》の特急《とっきゅう》を待《ま》った。
特急《とっきゅう》は大歩危《おおぼけ》に12時《じ》53分《ぷん》に到着《とうちゃく》。さっきと同《おな》じ、2000系《けい》の気動車《きどうしゃ》だ。
四国《しこく》フリーきっぷで乗《の》る三《みっ》つめの列車《れっしゃ》は、『特急南風《とっきゅうなんぷう》7号《ごう》』だった。
今日《きょう》は未来《みらい》の高知《こうち》の親《しん》せき、美代《みよ》おばさん家《ち》に泊《と》まる予定《よてい》。
土讃線《どさんせん》は大歩危《おおぼけ》をピークにして、山《やま》から平野《へいや》へと下《くだ》っていく。
南風《なんぷう》7号《ごう》に乗《の》ってから三十分後《さんじゅっぷんご》……。
車窓《しゃそう》はガラリと変《か》わって、周囲《しゅうい》には緑《みどり》の田《た》んぼや畑《はたけ》が広《ひろ》がりはじめた。
あと少《すこ》しで高知《こうち》ってところで、上田《うえだ》はなにかを決意《けつい》してガバッと立《た》ち上《あ》がった。

「よしっ！　途中下車《とちゅうげしゃ》やっ！」

「なっ、なんやねん、突然《とつぜん》!?」
横《よこ》でペットボトルから水《みず》を飲《の》んでいたみさきちゃんは、むせそうになった。

列車《れっしゃ》は次《つぎ》の停車駅《ていしゃえき》へ向《む》かって減速《げんそく》を開始《かいし》している。

「なんでいきなり途中下車《とちゅうげしゃ》するんやぁ？　もう少《すこ》しで高知《こうち》やっちゅうのに……」

みさきちゃんはペットボトルのふたを閉《し》めながら言《い》う。

「大歩危《おおぼけ》に行《い》った以上《いじょう》、この駅《えき》にも降《お》りなあかんやろ！」

ウンウンとうなずく上田《うえだ》の決意《けつい》は固《かた》かった。

「せやから、なんでや、聞《き》いてんねん」

上田《うえだ》は答《こた》えない。絶対《ぜったい》に下車《げしゃ》すると決意《けつい》している表情《ひょうじょう》だった。

「まだ時間《じかん》も早《はや》いから、上田《うえだ》の言《い》うとおり途中下車《とちゅうげしゃ》してみよう

か」

僕《ぼく》がそう言《い》うと、みさきちゃんは少《すこ》しだけ口《くち》をとがらせた。

「ええ〜、上田《うえだ》の言《い》うことなんて無視《むし》してええのに……」

「こらこら、俺《おれ》のことを無視《むし》すんなっ、ちゅうねん！」

上田《うえだ》はパンとみさきちゃんの肩《かた》をたたく。

「しゃーないなぁ。ま、雄太君《ゆうたくん》がええちゅうなら、降《お》りたろか」

みさきちゃんは、ブツブツ言《い》いながらバッグを肩《かた》にかける。

僕《ぼく》らはデッキに移動《いどう》し、扉《とびら》が開《ひら》くのと同時《どうじ》にホームへ降《お》りた。

南風《なんぷう》7号《ごう》から下車《げしゃ》したのは僕《ぼく》らくらいで、ほとんどのお客《きゃく》さんは高知《こうち》まで乗《の》っていくみたいだ。

降《お》りたホームは1番線《ばんせん》で、時刻《じこく》は13時《じ》32分《ふん》。

ホームが長《なが》めというのが特徴《とくちょう》といえば特徴《とくちょう》だけど、他《ほか》に特別変《とくべつか》わったところはない。

「こっち、こっち」と手招《てまね》きする上田《うえだ》のあとを追《お》いかけ、ホームの先頭方向《せんとうほうこう》へ向《む》かって歩《ある》く。南風《なんぷう》7号《ごう》は、高知方面《こうちほうめん》に向《む》かって僕《ぼく》らの横《よこ》を走《はし》り抜《ぬ》けていった。

やがて、駅名看板《えきめいかんばん》の脇《わき》に立《た》った上田《うえだ》は、そこでペコリと頭《あたま》を下《さ》げた。

『はぁ〜!?』

どうしたんだ、上田《うえだ》！

「とっ、突然《とつぜん》、どうしたの？　上田君《うえだくん》!?」

未来《みらい》が声《こえ》をかけても、上田《うえだ》は頭《あたま》を上《あ》げない。

ふと、駅名看板《えきめいかんばん》を見《み》た未来《みらい》がけらけらと笑《わら》いはじめた。

「あ〜。そういうこと？　あっはははははは……」

お腹《なか》を抱《かか》えて笑《わら》いながら、未来《みらい》は看板《かんばん》を指差《ゆびさ》した。

「駅名《えきめい》よ、え・き・め・い」

『え・き・め・い〜？』

グイッと体《からだ》を伸《の》ばして、僕《ぼく》とみさきちゃんは駅名看板《えきめいかんばん》を見《み》た。

『ご・め・ん？』

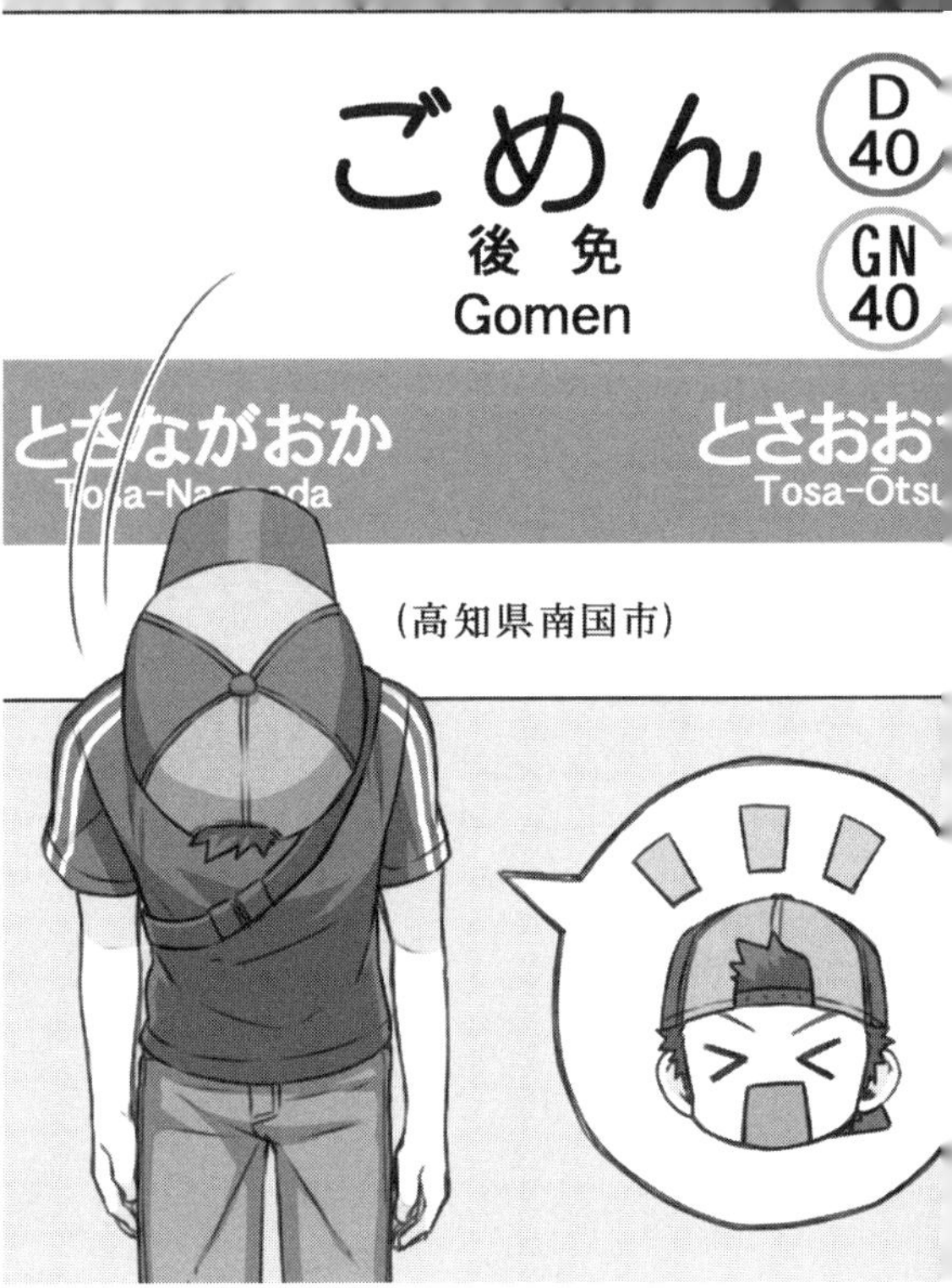

この駅《えき》は後免駅《ごめんえき》！

だから上田《うえだ》は「ごめん」と頭《あたま》を下《さ》げるボケをやっていたのだ。

「遅《おそ》っ！　パッと気《き》ぃつけよなあ」

「そんなもん、わかるかいっ！」

みさきちゃんは上田《うえだ》のあごを下《した》から上《うえ》へ抜《ぬ》けるように突《つ》っこんだ。

上田《うえだ》は「あたぁ〜」とアッパーカットをくらったボクサーのように顔《かお》を空《そら》に向《む》ける。

それから満足《まんぞく》そうに言《い》う。

「四国《しこく》はおもしろ駅名《えきめい》の宝庫《ほうこ》かっ！」

「それで、そのしょうもないギャグのために特急《とっきゅう》を一本《いっぽん》待《ま》つんかいなっ！」

みさきちゃんはプリプリと怒《おこ》りながら腕《うで》を組《く》む。

「次《つぎ》の特急《とっきゅう》は『南風《なんぷう》9号《ごう》』。14時《じ》34分《ぷん》やな」

「約《やく》一時間《じかん》もあるやん。なんで大阪人《おおさかじん》はボケで体張《からだは》るかなぁ〜」

頭《あたま》を抱《かか》えたみさきちゃんに対《たい》して、上田《うえだ》は意気揚々《いきようよう》としている。

「あほかっ。笑《わら》かすことに一所懸命《いっしょけんめい》になれんで大阪人《おおさかじん》がつとまるかい」

そんなやりとりを聞《き》きながら、僕《ぼく》はケータイで乗《の》り換《か》えを調《しら》べてみた。

あっ……、ちょうど乗《の》れそう！　ありがとう、上田《うえだ》！

さっそく、新《しん》プランを提案《ていあん》する。

「せっかく後免《ごめん》に下車《げしゃ》したことだし、『土佐《とさ》くろしお鉄道《てつどう》』に乗《の》らない？」

ここ後免《ごめん》からは、土佐《とさ》くろしお鉄道《てつどう》って私鉄《してつ》が、土佐湾沿《とさわんぞ》いに奈半利《なはり》というところまで走《はし》っているんだ。

「お〜う！　そらええなぁ。一度《いちど》乗《の》ってみたかってん」

上田《うえだ》は目《め》を輝《かがや》かせる。

「乗《の》ろう、乗《の》ろう！」

未来《みらい》もみさきちゃんもノリノリだ。やっぱりいろいろな電車《でんしゃ》に乗《の》れるのは楽《たの》しいよね！

僕《ぼく》らは階段《かいだん》を上《のぼ》って改札口《かいさつぐち》へと向《む》かう。

後免《ごめん》は改札口《かいさつぐち》が二階部分《かいぶぶん》にある橋上駅《きょうじょうえき》で、まだ駅舎《えきしゃ》が新《あたら》しくてピカピカだった。

木目調《もくめちょう》の壁《かべ》に囲《かこ》まれた小《ちい》さな改札口《かいさつぐち》から出《で》ると、すぐ右側《みぎがわ》に小《ちい》さなみどりの窓口《まどぐち》がある。

僕《ぼく》らは迷《まよ》わず、その窓口《まどぐち》に向《む》かった。

「土佐《とさ》くろしお鉄道《てつどう》の『1日乗《にちの》り放題《ほうだい》きっぷ』四枚《まい》ください！」

「小学生《しょうがくせい》は、お一人《ひとり》さま、八二〇円《えん》になります」

紺《こん》の制服《せいふく》を着《き》た駅員《えきいん》さんが差《さ》し出《だ》した大《おお》きなきっぷには、水色《みずいろ》のチェック模様《もよう》の上《うえ》に、たくさんのキャラクターが描《えが》かれていた。そして真《ま》ん中《なか》の白《しろ》い部分《ぶぶん》に、今日《きょう》の日付《ひづけ》のスタンプが押《お》されている。

僕《ぼく》はみんなからお金《かね》を集《あつ》めて、駅員《えきいん》さんに渡《わた》した。

「でも、今《いま》から一日乗《にちの》り放題《ほうだい》は、もったいなくない？」

「終点《しゅうてん》の奈半利《なはり》まで乗《の》ったら、それだけで片道《かたみち》五四〇円《えん》もするよ」

「そらぁ～一日《にち》乗《の》り放題《ほうだい》やないと、損々《そんそん》やな」

上田《うえだ》がきっぱりと言《い》う。

再《ふたた》び改札口《かいさつぐち》を通《とお》って左《ひだり》へ曲《ま》がり、土佐《とさ》くろしお鉄道《てつどう》のホームへ向《む》かう。

ホームへ続《つづ》く階段《かいだん》を下《お》りると、未来《みらい》が叫《さけ》んだ。

「あっ、0番線《ばんせん》！」

未来《みらい》はさっそく、0番線《ばんせん》の表示《ひょうじ》をパチリとデジカメで撮《と》る。

駅《えき》の番線表示《ばんせんひょうじ》は、駅長室《えきちょうしつ》から近《ちか》いものから「1番線《ばんせん》、2番線《ばんせん》……」と付《つ》けられる。

そして、1番線《ばんせん》よりも駅長室《えきちょうしつ》側《がわ》に、もう一本《いっぽん》ホームを追加《ついか》することになった場合《ばあい》には、0番《ばん》

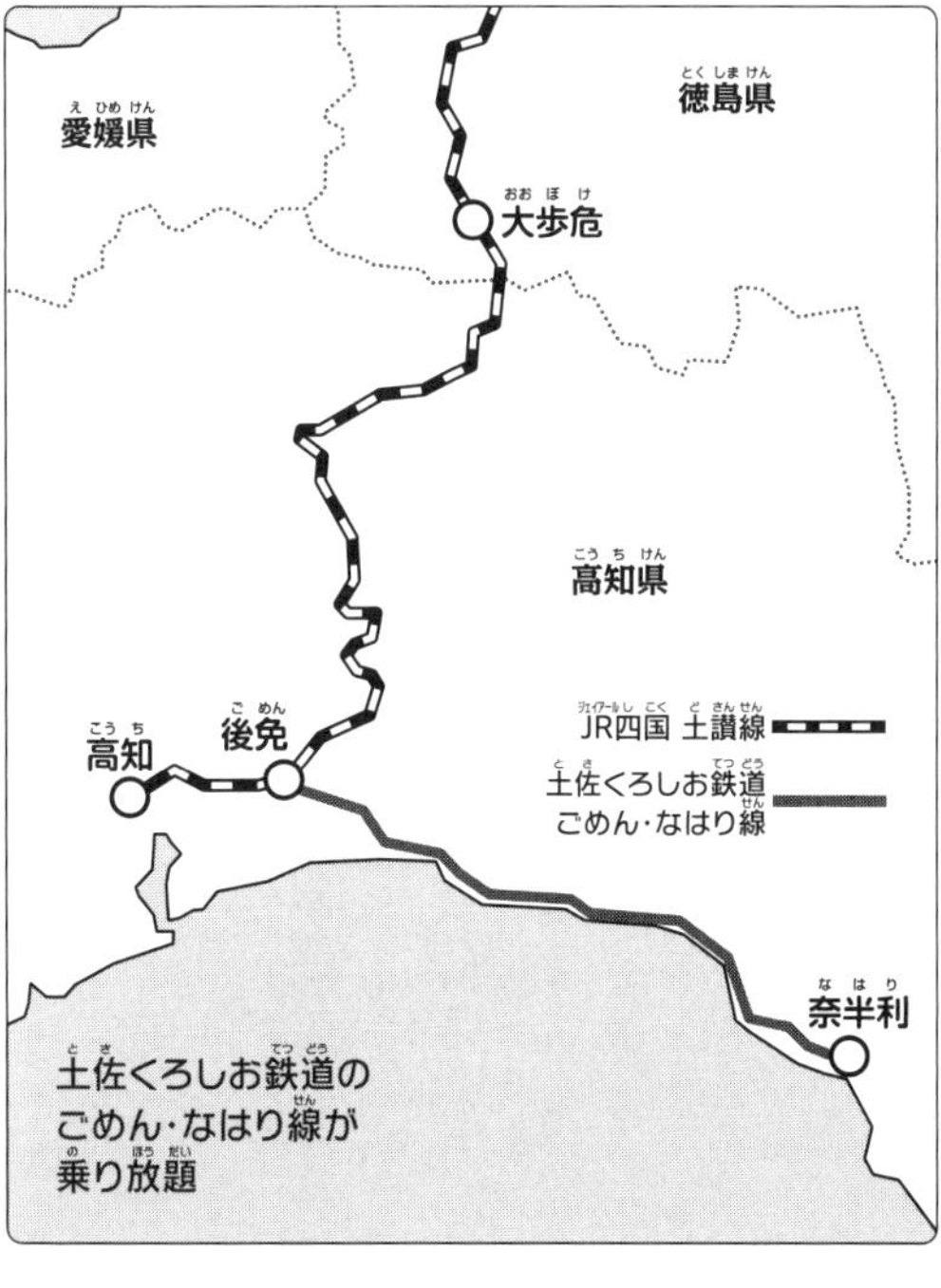

線《せん》と付《つ》けられるんだ。

まもなく、奈半利《なはり》方面《ほうめん》から一両編成《りょうへんせい》の列車《れっしゃ》がやってきた。

「なんじゃ、ありゃ!?」

上田《うえだ》の目《め》が丸《まる》くなる。上田《うえだ》がそう言《い》うのも無理《むり》はない。正面《しょうめん》は、昔《むかし》の路面電車《ろめんでんしゃ》みたいに丸《まる》く、そのうえ車体《しゃたい》は見《み》たこともない奇抜《きばつ》なデザインなのだ。

「これは土佐《とさ》くろしお鉄道《てつどう》の観光列車《かんこうれっしゃ》で、『やたろう2号《ごう》』だよ」

実《じつ》は、さっき乗《の》り換《か》えを調《しら》べた時《とき》、乗《の》れそうなことがわかったんだ。

未来《みらい》もハイテンションで写真《しゃしん》を撮《と》りまくっている。

「すごぉ――――い!!　車体《しゃたい》がクジラになっているよ」

『クジラ?』

そう言《い》われてみると、正面《しょうめん》の上半分《うえはんぶん》はクジラの背中《せなか》のような青色《あおいろ》で、下半分《したはんぶん》は白《しろ》に何本《なんぼん》もの黒《くろ》いラインが入《はい》りおなかみたい。運転台《うんてんだい》のガラス窓《まど》は、ちょうど大《おお》きく開《ひら》いた口《くち》に見《み》える。

さらに、車体側面《しゃたいそくめん》の上《うえ》のほうには、かわいい目《め》までちゃんと描《えが》かれているんだ。

車両《しゃりょう》に駆《か》けよったみさきちゃんは、乗降用扉《じょうこうようとびら》に目《め》をやった。

「ドアもめっちゃ変《か》わってるなぁ」

片開《かたびら》きの乗降用扉《じょうこうようとびら》には、船《ふね》にあるような丸《まる》い窓《まど》が縦《たて》に三《みっ》つ並《なら》んでいる。

開《ひら》いたドアから中《なか》へ入《はい》ると、デッキ横《よこ》の壁《かべ》に、一枚《まい》の大《おお》きな白黒写真《しろくろしゃしん》がかけられていた。

『岩崎弥太郎《いわさきやたろう》？』

僕《ぼく》ら四人《よにん》が頭《あたま》に「？」マークを浮《う》かべて写真《しゃしん》を見《み》つめていると、女性《じょせい》の運転手《うんてんしゅ》さんがやってきた。紺《こん》の丸《まる》い帽子《ぼうし》をかぶり、同《おな》じ色《いろ》の制服《せいふく》をビシッと着《き》て、首元《くびもと》には黄色《きいろ》のスカーフを巻《ま》いている。

「岩崎弥太郎《いわさきやたろう》さんは、三菱財閥《みつびしざいばつ》っていう大《おお》きな会社《かいしゃ》を作《つく》った人《ひと》で、幕末《ばくまつ》に大活躍《だいかつやく》したんですよ。あの、坂本龍馬《さかもとりょうま》とも関係《かんけい》が深《ふか》かったとも言《い》われているんです。そんな高知《こうち》の偉人《いじん》、岩崎弥太郎《いわさきやたろう》にちなんで、この列車《れっしゃ》は『やたろう号《ごう》』と名付《なづ》けられたんですよ」

運転手《うんてんしゅ》さんが、ていねいに説明《せつめい》してくれた。

「へえ〜そんなすごい人《ひと》なんですねぇ〜」

僕《ぼく》らは運転手《うんてんしゅ》さんに頭《あたま》を下《さ》げて、お礼《れい》を言《い》い、中《なか》へ進《すす》む。

やたろう号《ごう》の内部《ないぶ》には、エンジ色《いろ》の二人《ふたり》がけ転換《てんかん》クロスシートが十個《じゅっこ》くらい並《なら》んでいた。けれどそれだけで車内《しゃない》はもうパンパン。通路《つうろ》は車体《しゃたい》の左《ひだり》に寄《よ》っていて、左《ひだり》の壁《かべ》には、取《と》り出《だ》すタイプの補助椅子《ほじょいす》が備《そな》えつけられている。

「……この車両《しゃりょう》思《おも》ったよりも中《なか》はせまない？」

「ほんまや。なんで、こんなにせまいんや？」

みさきちゃんと上田《うえだ》が首《くび》をかしげていると、未来《みらい》ははっと顔《かお》を上《あ》げた。

「もしかしたら！」

未来《みらい》がホームとは反対側《はんたいがわ》にあった扉《とびら》のノブに手《て》をかける。

「わー――未来《みらい》ちゃん。そこは開《あ》けたらあかんやろ。てか、普通《ふつう》開《あ》かへんやろ？」

だが未来《みらい》は、「えー――い!!」と手《て》に力《ちから》を入《い》れる。

すると……ガチャン、と扉《とびら》が開《ひら》いた。

『えー――っ!?』

その先《さき》に広《ひろ》がるものを見《み》た、みさきちゃんと上田《うえだ》の目《め》が点《てん》になる。

目《め》の前《まえ》に、ズバーンと広《ひろ》がっていたのは外《そと》！

なんと、この土佐《とさ》くろしお鉄道《てつどう》で走《はし》っている9640形《がた》1S《エス》って車両《しゃりょう》は、右側《みぎがわ》にだけズバーッと長《なが》いオープンデッキが付《つ》いているんだ。
まるで車体《しゃたい》の右側《みぎがわ》にベランダがあるような感《かん》じ。

僕《ぼく》らは、ハイテンションでオープンデッキへ入《はい》った。

こんなすごい車両《しゃりょう》があるなんて、四国《しこく》の鉄道《てつどう》は本当《ほんとう》にドキドキするよね。

14時《じ》3分《ぷん》になると、やたろう2号《ごう》は後免《ごめん》を発車《はっしゃ》。

列車《れっしゃ》が動《うご》きだすと、オープンデッキにはすぐにいい風《かぜ》が流《なが》れこんでくる。

「気持《きも》ちいいねぇ――――!!」

僕《ぼく》は顔《かお》に風《かぜ》を受《う》けながら言《い》った。

「ほんまになぁ〜。気持《きも》ちいい列車《れっしゃ》やな〜」

みさきちゃんの髪《かみ》が風《かぜ》に吹《ふ》かれて後《うし》ろへ流《なが》れる。

普通《ふつう》、電車《でんしゃ》の窓《まど》にはガラス窓《まど》が入《はい》っているから、こんなぜいたくな乗《の》りかたなんてできない。だから、いっそう、こういう感覚《かんかく》が新鮮《しんせん》でうれしい！

僕《ぼく》らは、シートに座《すわ》らずにオープンデッキにいることに決《き》めた。

しばらくは、田畑《たはた》や住宅《じゅうたく》の見《み》える田園風景《でんえんふうけい》が続《つづ》く。

後免《ごめん》から五《いつ》つ目《め》の、あかおかという駅《えき》へ着《つ》いた時《とき》だった。

反対方向《はんたいほうこう》から来《き》た列車《れっしゃ》とすれ違《ちが》ったんだけど、その車体《しゃたい》にも、めっちゃくちゃ驚《おどろ》かされた。

全体《ぜんたい》が真《ま》っ黄色《きいろ》、そしてトラみたいな黒《くろ》い縦《たて》じまでラッピングされている。

「おっ！　阪神《はんしん》タイガース列車《れっしゃ》やっ！」

「ほんまや！　めっちゃトラ柄《がら》やん！」

しかも車体《しゃたい》の正面《しょうめん》には、トラのマークの阪神《はんしん》タイガースのエンブレムまであった。

調《しら》べたら、『阪神《はんしん》タイガース優勝《ゆうしょう》へまっしぐら号《ごう》』っていうんだって。

上田《うえだ》とみさきちゃんは、前《まえ》のめりになって大騒《おおさわ》ぎ。

「関西《かんさい》の人《ひと》は、阪神《はんしん》タイガースが大好《だいす》きだよね」

僕《ぼく》が言《い》ったとたん、二人《ふたり》はピタリと息《いき》を合《あ》わせてパチンとハイタッチ。

『あたりまえやん！』

みさきちゃんはいつも上田《うえだ》にバシバシ突《つ》っこむから、なれないと「仲《なか》が悪《わる》いの？」なんて思《おも》っちゃうけど、やっぱりとても気《き》が合《あ》っていて仲良《なかよ》しなんだよね。

あかおかを過《す》ぎると、さらに気持《きも》ちよさが倍増《ばいぞう》！

だって、目《め》の前《まえ》に真《ま》っ青《さお》な太平洋《たいへいよう》が、一面《いちめん》にバーンと広《ひろ》がったから。

風《かぜ》にも、ちょっと海《うみ》の香《かお》りが混《ま》じる。

それに、土佐《とさ》くろしお鉄道《てつどう》の線路《せんろ》は高架《こうか》の上《うえ》にあるから、とても見晴《みは》らしがいいんだ。

夏《なつ》の日差《ひざ》しを受《う》けた真《ま》っ青《さお》な海《うみ》は、光《ひかり》を反射《はんしゃ》してキラキラと輝《かがや》き、水平線《すいへいせん》は入道雲《にゅうどうぐも》を浮《う》かべた青《あお》い空《そら》とつながっている。

奥《おく》には、ぐるりと湾《わん》になっている足摺岬《あしずりみさき》も見《み》えた。

松並木《まつなみき》と砂浜《すなはま》を右手《みぎて》に見《み》ながら走《はし》る線路《せんろ》を、やたろう号《ごう》はグォォォンとディーゼルエンジンを響《ひび》かせながら、ゆっくりと走《はし》っていく。

みんなオープンデッキが気《き》に入《い》って、ずっとバタバタ歩《ある》きまわっていた。

「デッキやと、いろんな音《おと》が拾《ひろ》えるわぁ」

目《め》を閉《と》じて耳《みみ》をすませるみさきちゃんは、デッキを歩《ある》きながら録音《ろくおん》を続《つづ》ける。

「私《わたし》、海《うみ》の見《み》える列車《れっしゃ》って大好《だいす》き――!!」

未来《みらい》は、フィルムカメラを出《だ》して、目《め》の前《まえ》に広《ひろ》がる風景《ふうけい》を撮影《さつえい》する。

「この路線《ろせん》は一見《いっけん》の価値《かち》ありやな」

上田《うえだ》はオープンデッキの手《て》すりに両手《りょうて》をついて、海《うみ》を眺《なが》めながら言《い》った。

風《かぜ》には注意《ちゅうい》が必要《ひつよう》だけど、こんな気持《きも》ちのいい列車《れっしゃ》はなかなかないと思《おも》う。

土佐《とさ》くろしお鉄道《てつどう》は、終点《しゅうてん》の奈半利《なはり》まで、ほぼ海沿《うみぞ》いを走《はし》っている。

海沿《うみぞ》いを走《はし》る鉄道《てつどう》に僕《ぼく》らはたくさん乗《の》ったけど、海《うみ》を見《み》るためにオープンデッキをつけた車両《しゃりょう》を走《はし》らせている鉄道《てつどう》なんて初《はじ》めてだ。

上田《うえだ》が後免《ごめん》に降《お》りたから、土佐《とさ》くろしお鉄道《てつどう》に突然《とつぜん》乗《の》ることになったわけだけど、これ

は大正解《だいせいかい》！

旅行《りょこう》って予定《よてい》どおりに行《い》くのもいいけど、こうしたサプライズもいいよね。

やたろう2号《ごう》は、終着駅《しゅうちゃくえき》の安芸《あき》に14時《じ》56分《ぷん》に到着《とうちゃく》。

安芸《あき》には土佐《とさ》くろしお鉄道《てつどう》の車両基地《しゃりょうきち》があって、線路《せんろ》の向《む》こうにはたくさんの車両《しゃりょう》や、黄色《きいろ》の保線車両《ほせんしゃりょう》、整備用《せいびよう》の建物《たてもの》が見《み》えた。

「どうせ一日乗《にちの》り放題《ほうだい》やったら、最後《さいご》まで行《い》っとかな損々《そんそん》」

と、上田《うえだ》が言《い》うので、15時《じ》22分発《ふんはつ》の快速《かいそく》に乗《の》り換《か》えて終点《しゅうてん》の奈半利《なはり》まで行《い》くことにする。

奈半利《なはり》へ向《む》かうディーゼルカーは、青《あお》いラッピングをした、９６４０形《がた》。

車内《しゃない》は転換《てんかん》クロスシートとロングシートが半々《はんはん》のローカル線用車両《せんようしゃりょう》だった。

お客《きゃく》さんも僕《ぼく》ら以外《いがい》は、数人《すうにん》しか乗《の》っていない。

そんな列車《れっしゃ》に三十分間《さんじゅっぷんかん》乗《の》って、15時《じ》42分《ふん》に着《つ》いた奈半利《なはり》は、「ザ・終点《しゅうてん》」って感《かん》じの駅《えき》。

奈半利《なはり》まで来《く》る列車《れっしゃ》は、だいたい一時間一本《じかんいっぽん》くらい。

駅《えき》の外《そと》に出《で》て駅舎《えきしゃ》を見《み》あげると、ホームは建物《たてもの》の三階《がい》くらいの高《たか》さにあった。

「どうして、こんなに高《たか》いのかな？」

「あっ、あそこに『津波避難《つなみひなん》ビル』って書《か》いてある！」

未来《みらい》は、丈夫《じょうぶ》そうなコンクリートの柱《はしら》に支《ささ》えられた駅舎《えきしゃ》の壁《かべ》を指差《ゆびさ》した。

「そっか〜。海沿《うみぞ》いだから、津波対策《つなみたいさく》でこうなっているのか」

僕《ぼく》は感心《かんしん》してしまった。

土佐《とさ》くろしお鉄道《てつどう》はローカル線《せん》なのに、新幹線《しんかんせん》みたいなコンクリート製《せい》の高架《こうか》の上《うえ》を走《はし》っていて、すべての駅《えき》が高《たか》く造《つく》られている。それは津波《つなみ》の際《さい》に人々《ひとびと》が避難《ひなん》できるようにと考《かんが》えてのことだったんだ。

もしものことを考《かんが》えて、地域《ちいき》のみんなの一時避難所《いちじひなんじょ》になるように造《つく》られているなんて、すごいよね。

鉄道会社《てつどうがいしゃ》が地域《ちいき》のために、こんなふうに役立《やくだ》っていることもあるんだ！

そんなことを考《かんが》えながら駅《えき》を見学《けんがく》していたら、一時間《じかん》なんてあっという間《ま》。

僕《ぼく》らは奈半利《なはり》を16時《じ》9分《ふん》に出発《しゅっぱつ》する快速列車《かいそくれっしゃ》で、後免方面《ごめんほうめん》へ折《お》り返《かえ》す。

駅《えき》を出《で》てすぐの場所《ばしょ》にある、真《ま》っ赤《か》にさびた鉄橋《てっきょう》を渡《わた》りながら奈半利《なはり》を振《ふ》り返《かえ》ると、僕《ぼく》は少《すこ》しだけさみしくなった。

路線《ろせん》の終点《しゅうてん》にあるこういった駅《えき》には、なかなか行《い》くことがないからだ。

奈半利《なはり》に、また来《こ》れるかな。

だからこそ、目《め》に焼《や》きつけておかなくちゃと、思《おも》いきり目《め》を見開《みひら》いた。

後免《ごめん》へ向《む》かう列車《れっしゃ》に乗《の》っていると、未来《みらい》のケータイに美代《みよ》おばさんから、「どこにいるの〜」ってメールがやってきた。

「後免《ごめん》から土佐《とさ》くろしお鉄道《てつどう》に乗《の》って、奈半利《なはり》まで行《い》っている〜」って返事《へんじ》すると、「じゃあ、後免町《ごめんまち》に迎《むか》えにいくわねぇ」ってメールが戻《もど》ってきた。

そこで、僕《ぼく》らは後免《ごめん》の一《ひと》つ手前《てまえ》の後免町《ごめんまち》という駅《えき》で快速列車《かいそくれっしゃ》を降《お》りた。

駅前《えきまえ》に迎《むか》えにきていた美代《みよ》おばさんも、小《ちい》さな顔《かお》に大《おお》きな目《め》、鼻《はな》がツンと高《たか》く、女優《じょゆう》さんみたいな美人《びじん》だった。

あいさつをしてから、僕《ぼく》は上田《うえだ》の耳元《みみもと》にささやく。

「……やっぱり、どこか未来《みらい》に似《に》ているね」

「……そして、やっぱり美人《びじん》や」

「……そうだね」

上田《うえだ》と僕《ぼく》は未来《みらい》の美人《びじん》親せきの連続《れんぞく》に、ちょっとびっくり。きっとひいおばあちゃんのおかげだね。

美代《みよ》おばさんは、長《なが》い黒髪《くろかみ》を一《ひと》つにゆるく結《むす》んでいる。

「ここからは『とさでん』で行《い》くわよぉ～」

美代《みよ》おばさんは古《ふる》い路面電車《ろめんでんしゃ》が停車《ていしゃ》している、後免町《ごめんまち》の電停《でんてい》を指差《ゆびさ》した。

高知市内《こうちしない》には路面電車《ろめんでんしゃ》が縦横《じゅうおう》に走《はし》っていて、とっても便利《べんり》になっているんだ。

僕《ぼく》らは屋根《やね》が緑《みどり》で、車体《しゃたい》がク

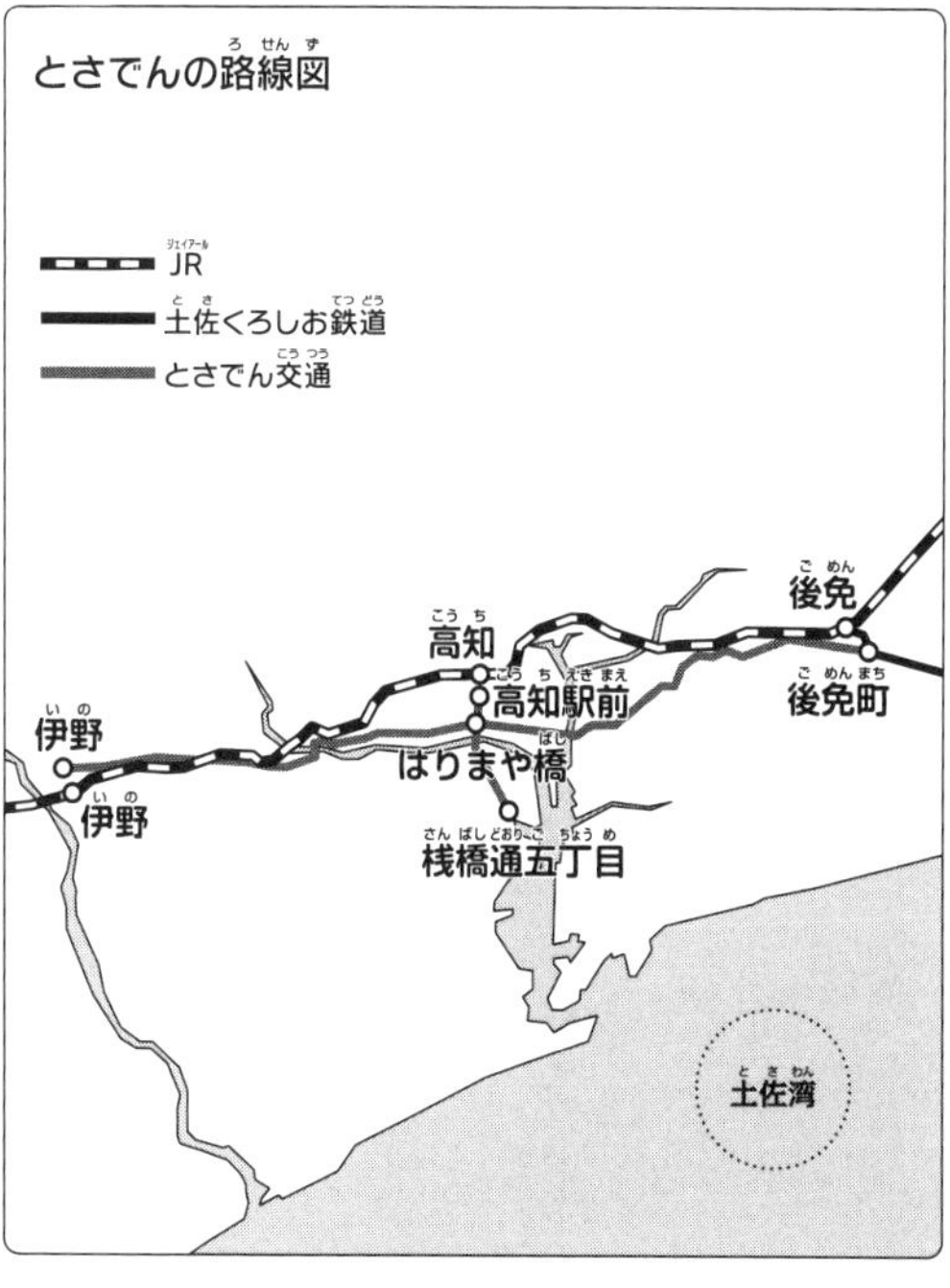

リームの古《ふる》そうな車両《しゃりょう》に乗《の》りこんだ。

後免町《ごめんまち》は始発駅《しはつえき》。僕《ぼく》らは美代《みよ》おばさんを真《ま》ん中《なか》にロングシートに並《なら》んで座《すわ》った。

ゴトゴトゴトゴトゴトゴトゴト……ガガガ……カキンカキン……。

路面電車《ろめんでんしゃ》が走《はし》りだすと、床《ゆか》からいろんな音《おと》が聞《き》こえてくる。

古《ふる》い路面電車《ろめんでんしゃ》は「吊《つ》りかけ式《しき》」っていう駆動方法《くどうほうほう》を採用《さいよう》していることが多《おお》くて、モーターが車軸《しゃじく》に触《ふ》れているので、大《おお》きな振動《しんどう》と音《おと》が床下《ゆかした》から響《ひび》いてくる。

そのうえ、ブレーキやドアの開《あ》け閉《し》めで使用《しよう》している圧縮空気《あっしゅくくうき》が減《へ》ると、コンプレッサーでボンベに空気《くうき》を詰《つ》めこむので、コンコンって音《おと》も聞《き》こえる。

今主流《いましゅりゅう》の静《しず》かな電車《でんしゃ》と違《ちが》って、古《ふる》い車両《しゃりょう》はまるで大《おお》きな動物《どうぶつ》みたいだ。

それをみさきちゃんは楽《たの》しそうに一《ひと》つ一《ひと》つ録音《ろくおん》していた。

走《はし》りだしてしばらくすると、上田《うえだ》が美代《みよ》おばさんに話《はなし》を切《き》りだした。

「祥子《しょうこ》おばさんにも聞《き》いたんやけど、美代《みよ》おばさんにも宝物《たからもの》のこと、聞《き》いてもええかな？」

美代《みよ》おばさんは目《め》を細《ほそ》めて微笑《ほほえ》む。

「あらあら、さっき祥子《しょうこ》ねぇさんから電話《でんわ》で聞《き》いたけどぉ。あなたたち『小笠原家《おがさわらけ》の宝《たから》』

に挑《いど》んでいるんだってぇ？」

僕《ぼく》はうなずく。

「そうなんです。それで……、ひいおばあちゃんのお宝《たから》について、なにか知《し》ってることがあったらと思《おも》って」

美代《みよ》おばさんは「う〜ん」と、頬《ほお》に人差《ひとさ》し指《ゆび》を押《お》し当《あ》てて考《かんが》えはじめた。

「そうねぇ〜。私《わたし》が知《し》っているのは、祥子《しょうこ》ねぇさんが知《し》っていることと、あんまり変《か》わらないと思《おも》うのよねぇ」

「どんなちょっとしたことでもいいから、知《し》りたいの」

手《て》を合《あ》わせて未来《みらい》が言《い》うと、美代《みよ》おばさんはチラリと未来《みらい》のフィルムカメラを見《み》た。

「そのカメラ……懐《なつ》かしいわぁ」

「この間《あいだ》、ついにお父《とう》さんからもらったの」

「未来《みらい》が受《う》け継《つ》いだのね。大事《だいじ》にしてね」

「もちろん！」

それから少《すこ》し考《かんが》えこんだ美代《みよ》おばさんは、やがてはっとして、口《くち》に手《て》を当《あ》てた。

「……お宝《たから》をくれた外国人《がいこくじん》さんについては聞《き》いた？」

「祥子《しょうこ》おばさんは、外国《がいこく》の舞踏会《ぶとうかい》で知《し》りあった人《ひと》だって」

「そうなの。その舞踏会《ぶとうかい》でひいおばあちゃんは大人気《だいにんき》だったんだって。しかも二人《ふたり》に告白《こくはく》されたそうなのよぉ〜」

「ええっ!?　告白《こくはく》!?　すご〜い！」

美代《みよ》おばさんはウフフと笑《わら》う。

すごいなぁ……未来《みらい》のひいおばあちゃん。

本当《ほんとう》にモッテモテだったんだね。

美代《みよ》おばさんは微笑《ほほえ》みながら続《つづ》ける。

「それでね、告白《こくはく》した一人《ひとり》がどこかの国《くに》の王子《おうじ》さまで、もう一人《ひとり》は当時《とうじ》、超有名《ちょうゆうめい》だった作曲家《さっきょくか》だったというの」


『王子《おうじ》さまと有名《ゆうめい》な作曲家《さっきょくか》〜〜〜!?』

考《かんが》えもしなかった展開《てんかい》に僕《ぼく》らは、電車《でんしゃ》の中《なか》にいるのに大声《おおごえ》を出《だ》してしまった。

モテモテどころじゃないよ！

「ホンマですか!?　そ、それで、ど、どないなったんですか？」

お宝《たから》がリアルになってきたからか、上田《うえだ》が興奮《こうふん》してたずねる。

「ええ、本当《ほんとう》みたいよぉ。しかも～、結局王子《けっきょくおうじ》さまをふって、作曲家《さっきょくか》さんと少《すこ》しおつきあいしていたらしいの」

「王子《おうじ》さまをふった!?」

信《しん》じられないという顔《かお》の上田《うえだ》とは反対《はんたい》に、みさきちゃんは腕《うで》を組《く》んで感心《かんしん》したようにつぶやく。

「やっぱりモテる女《おんな》はちゃうなぁ。ステイタスよりも愛《あい》なんやねぇ」

「ひいおばあちゃんってすごい人《ひと》だったんだ……それで、二人《ふたり》はどうなったの？」

未来《みらい》が先《さき》をうながすように聞《き》く。すると、にこやかだった美代《みよ》おばさんの顔《かお》がほんの少《すこ》し曇《くも》った。

「すぐに第二次世界大戦《だいにじせかいたいせん》が始《はじ》まっちゃったからねぇ」

「第二次世界大戦《だいにじせかいたいせん》……」

「戦争《せんそう》のせいで、二人《ふたり》は離《はな》ればなれになっちゃったのよぉ……」

「ええー!?　そんなん切《せつ》なすぎるやないの〜」

みさきちゃんが、悲《かな》しそうに目《め》を細《ほそ》める。

未来《みらい》のひいおばあちゃんに起《お》きた、つらい出来事《できごと》を知《し》って、僕《ぼく》らは思《おも》わず黙《だま》りこんでしまった。

でも、だからこそ、僕《ぼく》は聞《き》かなくちゃならない、と思《おも》った。

「その作曲家《さっきょくか》さんって、どんな曲《きょく》を作《つく》ったんですか?」

それがわかれば宝《たから》のヒントになるかもしれない。

見《み》つかれば、ひいおばあちゃんにお供《そな》えできる。

「うーん。確《たし》か、その人《ひと》の作《つく》った曲《きょく》の一《ひと》つは、戦中《せんちゅう》のラジオのテーマ曲《きょく》に使《つか》われていたらしくって、当時《とうじ》は誰《だれ》もが口《くち》ずさめるくらい有名《ゆうめい》だったみたいよ」

「日本《にほん》の人《ひと》なら誰《だれ》もが知《し》っている曲《きょく》?」

すると、美代《みよ》おばさんが静《しず》かに口《くち》ずさみはじめた。

「くるるん　くるるん　くりましょ♪　るんるん　はたり　ことり　はたおり　とんとん♪
くるるん　くるるん　ひとぐるまを　まわせばできる　きれいな　いと♪」

あれっ……この曲《きょく》どこかで……。

歌《うた》はわからないけど、メロディはなんだか聴《き》き覚《おぼ》えがある。

どこで聴《き》いたんだろう……。

歌《うた》い終《お》わった美代《みよ》おばさんはニコリと笑《わら》う。

「ひいおばあちゃんは、こんなふうに、よく歌《うた》っていたのよねえ」

「私《わたし》、初《はじ》めて聴《き》いたよ。みんなは？」

「学校《がっこう》でも家《いえ》でも聴《き》いたことあらへんなぁ。戦前《せんぜん》、戦中《せんちゅう》の歌《うた》やろうしなぁ……」

上田《うえだ》は首《くび》をかしげる。

「私《わたし》も知《し》らんなぁ。すんません、もう一回《いっかい》歌《うた》ってもらえますぅ？」

みさきちゃんのお願《ねが》いに、美代《みよ》おばさんは「いいよ」と気《き》さくに答《こた》え、また、最初《さいしょ》から歌《うた》いだす。

するとみさきちゃんはＩＣ《アイシー》レコーダーに録音《ろくおん》しながら、ケータイを取《と》り出《だ》してなにかを打《う》ちこみはじめた。

やっぱり、この曲《きょく》を僕《ぼく》は知《し》っている。

いったい、どこで聴《き》いたんだろう。

僕《ぼく》は路面電車《ろめんでんしゃ》に揺《ゆ》られながら考《かんが》え続《つづ》けた。

6 伊予灘《いよなだ》ものがたり

その晩《ばん》は美代《みよ》おばさんが土佐名物《とさめいぶつ》の皿鉢料理《さわちりょうり》をごちそうしてくれた。刺身《さしみ》、鰹《かつお》のたたき、お寿司《すし》、土佐天《とさてん》という揚《あ》げかまぼこ……食《た》べきれないほどの量《りょう》が大皿《おおざら》にど〜んと豪快《ごうかい》に並《なら》んでいた。

なかでも鰹《かつお》のたたきは絶品《ぜっぴん》。本物《ほんもの》の藁《わら》で焼《や》いたからこその香《こう》ばしさだ。本物《ほんもの》の鰹《かつお》の美味《おい》しさに、みんな夢中《むちゅう》になって食《た》べた。

次《つぎ》の日《ひ》、僕《ぼく》らは高知駅《こうちえき》まで美代《みよ》おばさんに送《おく》ってもらった。

今日《きょう》は日曜日《にちようび》。僕《ぼく》らが目指《めざ》すのは松山《まつやま》だ。

四国《しこく》フリーきっぷは、三日間《みっかかん》も乗《の》り放題《ほうだい》なので今日《きょう》も使《つか》える。

僕《ぼく》らは高知発《こうちはつ》8時《じ》20分《ぷん》の『特急《とっきゅう》しまんと1号《ごう》』に乗《の》った。

「四国《しこく》フリーきっぷ四《よっ》つめは、特急《とっきゅう》しまんと、っと」

正面《しょうめん》は三枚窓《まいまど》で、使用車両《しようしゃりょう》は昨日《きのう》の特急南風《とっきゅうなんぷう》と同《おな》じ２０００系気動車《けいきどうしゃ》の三両編成《りょうへんせい》。

特急《とっきゅう》しまんとは左《ひだり》に海《うみ》、右《みぎ》に山《やま》を見《み》ながら海岸《かいがん》を走《はし》る。

ぼんやりと右《みぎ》の車窓《しゃそう》を見《み》ていた僕《ぼく》は、突如見《とつじょみ》えた景色《けしき》に驚《おどろ》いた。

「なんだあれっ！」

山《やま》の急斜面《きゅうしゃめん》に、銀《ぎん》のタンクや、複雑《ふくざつ》にからみあったパイプが迷路《めいろ》のように走《はし》っている。

緑《みどり》に囲《かこ》まれた山《やま》の中《なか》で、突然《とつぜん》、そこだけがめちゃくちゃ異様《いよう》な雰囲気《ふんいき》。

よく見《み》ると、斜面《しゃめん》にめりこむように建《た》っている工場《こうじょう》だった。

そんなものが突然出現《とつぜんしゅつげん》したりするから、車窓《しゃそう》を見《み》ている時《とき》は気《き》が抜《ぬ》けないよね。

しまんと１号《ごう》は目的地《もくてきち》の窪川《くぼかわ》に、約《やく》一時間後《じかんご》の９時《じ》26分《ぷん》に到着《とうちゃく》。

僕《ぼく》らが窪川《くぼかわ》へやってきたのは、四国新幹線《しこくしんかんせん》に乗《の》るため！

あれ？　四国《しこく》に新幹線《しんかんせん》はないんじゃないかって？

それがあるんだなぁ～。

ちょっと、普通《ふつう》の新幹線《しんかんせん》とは違《ちが》うけどね。

『新幹線《しんかんせん》!?』

みさきちゃんと上田《うえだ》の関西《かんさい》コンビが驚《おどろ》いて聞《き》き返《かえ》した。

「雄太《ゆうた》、四国《しこく》に新幹線《しんかんせん》なんかあらへんちゅうねん！　それは俺《おれ》でも知《し》ってるわ」

「せやせや。祥子《しょうこ》おばさんも『新幹線《しんかんせん》が四国《しこく》に来《く》るのが夢《ゆめ》』って言《ゆ》うてたやん」

そんな僕《ぼく》らの目《め》の前《まえ》で、しまんと1号《ごう》がゴゴゴッと発車《はっしゃ》していく。

「まぁまぁ、ちょっとあれを見《み》てよ」

僕《ぼく》は、しまんと1号《ごう》が発車《はっしゃ》して、見《み》えるようになっていく向《む》かいの4番線《ばんせん》を指《さ》した。

そこには……

『なっ!?　新幹線《しんかんせん》～～～!?』

窪川駅《くぼかわえき》4番線《ばんせん》には、本当《ほんとう》に新幹線《しんかんせん》が停《と》まっていた！

でも、その新幹線《しんかんせん》は一両編成《りょうへんせい》。形《かたち》は0系《けい》で先頭《せんとう》はあの団子《だんご》っ鼻《ぱな》。

「なんちゃって新幹線《しんかんせん》だけどね～っ」

あっはははと僕《ぼく》は笑《わら》った。

「なんなん!?　ちょ、早《はや》く見《み》にいこうや！」

そうせかす上田《うえだ》をなだめて、僕《ぼく》らは、まずトイレに向《む》かった。

予土線《よどせん》のある窪川《くぼかわ》〜宇和島間《うわじまかん》は、約《やく》三時間《じかん》もかかるうえに、車両内《しゃりょうない》にトイレがないんだ。途中《とちゅう》、江川崎《えかわさき》や吉野生《よしのぶ》で「トイレ休憩《きゅうけい》」として長《なが》く停《と》まるんだけど、もし緊急事態《きんきゅうじたい》で他《ほか》の駅《えき》でトイレに駆《か》けこむようなことになったら、次《つぎ》の列車《れっしゃ》は、なんと四時間後《じかんご》だからね。

トイレをすませてから、歩道橋《ほどうきょう》のような跨線橋《こせんきょう》を通《とお》って、僕《ぼく》らは4番線《ばんせん》へ降《お》りた。

近《ちか》くで新幹線《しんかんせん》を見《み》ると「？」マークが次々《つぎつぎ》に頭《あたま》に浮《う》かぶ。吹《ふ》きさらしというか、あっちこっち穴《あな》が開《あ》いていたりするんだ。

「てかっ……、そもそも、なんで新幹線《しんかんせん》が一両《りょう》やの？」

突《つ》っこみどころ満載《まんさい》の車両《しゃりょう》を見《み》ながら、みさきちゃんは笑《わら》いをこらえて言《い》った。

「これは0系新幹線《けいしんかんせん》をイメージして造《つく》られた、『鉄道《てつどう》ホビートレイン』って列車《れっしゃ》なんだ」

「しかもディーゼルって……」

ドドドドドドッ……。

そうなんだ。ここ窪川《くぼかわ》〜宇和島間《うわじまかん》も、もちろん電化《でんか》されていない。だから、車体《しゃたい》からは豪快《ごうかい》なディーゼル音《おん》がしている。

「これ絶対《ぜったい》、ＪＲ《ジェイアール》四国《しこく》の人《ひと》が遊《あそ》んで造《つく》ってるよね？」

「あっははは。でも、鉄道《てつどう》で遊《あそ》べるなんて最高《さいこう》じゃない？」

僕《ぼく》はそんなＪＲ《ジェイアール》四国《しこく》が、「いいなぁ」って思《おも》っちゃう。

「でっかいおもちゃみたいね」

ククッと楽《たの》しそうに笑《わら》いながら、未来《みらい》はデジカメで何枚《なんまい》も撮影《さつえい》している。

わかるな、笑《わら》っちゃう気持《きも》ち。この車両《しゃりょう》を見《み》たら、みんな笑顔《えがお》になっちゃうよね。

これが四国《しこく》フリーきっぷで乗《の》る五《いつ》つめの列車《れっしゃ》。

「鉄道《てつどう》ホビートレインは、予土線《よどせん》の全線開通《ぜんせんかいつう》四十周年《しゅうねん》で生《う》まれたんだって。その年《とし》が新幹《しんかん》線《せん》開業《かいぎょう》から五十周年《しゅうねん》だったこと、『新幹線《しんかんせん》の生《う》みの親《おや》』って言《い》われている国鉄《こくてつ》第四代《だい》総《そう》裁《さい》・十河信二《そごうしんじ》さんが愛媛出身《えひめしゅっしん》だったこともあって、こんな形《かたち》にしたんだってぇ～」

僕《ぼく》が説明《せつめい》すると、未来《みらい》がうなずいた。

「きっと、『四国《しこく》に新幹線《しんかんせん》を走《はし》らせる』って夢《ゆめ》も乗《の》せて、この車両《しゃりょう》を造《つく》ったんじゃないかしら」

「そうかもね」

「で、これはどんな車両《しゃりょう》を改造《かいぞう》したのかな？」

未来《みらい》は団子《だんご》っ鼻《ぱな》に改造《かいぞう》された部分《ぶぶん》を、スルスルとなでた。

「元々《もともと》は『キハ32形《がた》』って気動車《きどうしゃ》だったんだ。だからさ……」

僕《ぼく》は未来《みらい》の手《て》を引《ひ》いて車両《しゃりょう》の反対側《はんたいがわ》へ走《はし》った。

そちらには団子《だんご》っ鼻《ぱな》はなく、平面《へいめん》に0系《けい》の正面《しょうめん》が絵《え》で描《えが》かれているだけだった。

「うわっ、なんかトリックアートみたいになってるよ」

「しかも、ここ窪川《くぼかわ》からだと、こっちが先頭《せんとう》で新幹線《しんかんせん》の団子《だんご》っ鼻《ぱな》が後部《こうぶ》になっちゃうんだ」

「あ〜！　だから、団子《だんご》っ鼻《ぱな》のほうには赤《あか》いテールランプが点《つ》いていたのね。そうすると、なんだかバック運転《うんてん》みたいじゃない？」

僕《ぼく》はコクンとうなずいた。

「そうそう、だから、鉄道《てつどう》ファンの中《なか》には『絶対《ぜったい》に宇和島方面《うわじまほうめん》から乗《の》るべき』って言《い》っている人《ひと》もいるよ」

「確《たし》かにね〜。できればそうしたいよね」

出発《しゅっぱつ》まで少《すこ》し時間《じかん》があったので、僕《ぼく》らは車両《しゃりょう》の前《まえ》で記念撮影《きねんさつえい》をしたりして過《す》ごす。

やがて、出発時刻《しゅっぱつじこく》の9時《じ》40分《ぷん》になって、お風呂場《ふろば》によくある扉《とびら》みたいに、真《ま》ん中《なか》で折《お》れる扉《とびら》がカチャンと閉《し》まり、鉄道《てつどう》ホビートレインは窪川《くぼかわ》を発車《はっしゃ》した。

お客《きゃく》さんは僕《ぼく》らを入《い》れても十人《じゅうにん》くらいで車内《しゃない》はガラガラ。

見《み》かけは新幹線《しんかんせん》だけど、ディーゼルカーだからドドドッってエンジン音《おん》が豪快《ごうかい》に車内《しゃない》に響《ひび》く。それをみさきちゃんは笑顔《えがお》で録音《ろくおん》している。

車内《しゃない》はフロア、カーテン、ロングシート、すべて真《ま》っ青《さお》で統一《とういつ》されていた。

鉄道《てつどう》ホビートレインはその名《な》のとおり、「走《はし》る鉄道模型屋《てつどうもけいや》さん」みたい。

壁《かべ》に沿《そ》って大《おお》きなショーケースが設置《せっち》してあって、中《なか》にはたくさんの鉄道模型《てつどうもけい》が並《なら》んでいるんだ。

フロアには、明治時代《めいじじだい》に四国《しこく》を走《はし》った蒸気機関車《じょうききかんしゃ》の設計図《せっけいず》がズバーと描《えが》かれている。

これを大樹《たいき》が見《み》たら喜《よろこ》ぶだろうなぁ。

鉄道模型《てつどうもけい》や設計図《せっけいず》が大好《だいす》きな、大樹《たいき》の顔《かお》が目《め》に浮《う》かんだ。

「これって、ほんまもんの新幹線《しんかんせん》のシートやないか？」

上田《うえだ》は置《お》かれているシートを指差《ゆびさ》す。

団子《だんご》っ鼻《ぱな》方向《ほうこう》の運転台《うんてんだい》の後《うし》ろには、青《あお》とグレーの二人用《ふたりよう》シートが二個《こ》だけ設置《せっち》してあった。

「ほんとだ！　これは0系《けい》新幹線《しんかんせん》で使《つか》っていたものだよ」

僕《ぼく》がシートに座《すわ》ると、未来《みらい》もその横《よこ》に座《すわ》った。

「う〜ん、残念《ざんねん》!!　シートも宇《う》和島《わじま》へ向《む》かう時《とき》は反対《はんたい》向《む》きなのねぇ」

この車両《しゃりょう》には、まだまだ突《つ》っこみどころがある。

運転手《うんてんしゅ》さんの後《うし》ろに、バスのような料金表《りょうきんひょう》が設置《せっち》されているんだけど……

「なんで新大阪《しんおおさか》や東京《とうきょう》まであんねんっ！」

もちろん、鉄道《てつどう》ホビートレイ

ンが四国《しこく》を出《で》るなんてことはない。

だけど、料金表《りょうきんひょう》の表示《ひょうじ》には、しっかり「新大阪《しんおおさか》」「東京《とうきょう》」の表示《ひょうじ》があるんだ。

「遊《あそ》んでるなぁ。ここまでやるとはなぁ」

「ほんまにすごいなぁ、ＪＲ《ジェイアール》四国《しこく》」

僕《ぼく》も上田《うえだ》もあまりのノリの良《よ》さに感心《かんしん》してしまった。

すぐに線路《せんろ》は山沿《やまぞ》いを走《はし》りはじめ、田《た》んぼや家《いえ》が車窓《しゃそう》から減《へ》っていく。

やがて、列車《れっしゃ》はグネグネと大《おお》きく曲《ま》がる川《かわ》に沿《そ》って走《はし》りはじめた。

「大歩危《おおぼけ》もすごかったけど、この川《かわ》もすごくない？」

「ここは日本三大清流《にほんさんだいせいりゅう》の『四万十川《しまんとがわ》』やさかいな。水《みず》がめっちゃきれいや」

僕《ぼく》と上田《うえだ》は車窓《しゃそう》に顔《かお》を並《なら》べて、清流《せいりゅう》と言《い》われる四万十川《しまんとがわ》の流《なが》れを見《み》つめた。

まるで川底《かわぞこ》まで見《み》えそうなきれいな水《みず》。川《かわ》の水面《みなも》はキラキラと輝《かがや》いている。

鉄橋《てっきょう》やトンネルを通《とお》るたびに、四万十川《しまんとがわ》は車窓《しゃそう》の右《みぎ》に左《ひだり》にと入《い》れ替《か》わった。

鉄道《てつどう》ホビートレインは、江川崎《えかわさき》に到着《とうちゃく》。何本《なんぼん》ものレールが並走《へいそう》している、かなり大《おお》きめの駅《えき》だった。予土線《よどせん》は単線《たんせん》だから、こうした駅《えき》で上下線《じょうげせん》のすれ違《ちが》いをするんだ。

ここでは二十一分《にじゅういっぷん》も停車《ていしゃ》するので、飲《の》み物《もの》を買《か》うこともできるし、トイレにもゆっくり行《い》ける。

ホームへ飛《と》び出《だ》すと、頭上《ずじょう》からカッと降《ふ》り注《そそ》ぐ日差《ひざ》しの強《つよ》さに驚《おどろ》いた。

ふと見《み》ると、ホームの向《む》こうには、かげろうがユラユラと浮《う》かんでいる。

「あっつう〜い」

未来《みらい》は右手《みぎて》を額《ひたい》にかざした。

「ここ……『日本一暑《にほんいちあつ》い駅《えき》』らしいわぁ」

「日本一暑《にほんいちあつ》い駅《えき》？」

みさきちゃんは駅《えき》のポスターを指差《ゆびさ》す。

「ほら、国内観測史上最高《こくないかんそくしじょうさいこう》の41

度《ど》を記録《きろく》したって書《か》いてあるやん」

「そりぁ〜暑《あつ》いわけだぁ」

僕《ぼく》らは、シャツの胸元《むなもと》をつかんでパタパタと前後《ぜんご》に動《うご》かして、風《かぜ》を入《い》れた。

江川崎《えかわさき》を10時《じ》55分《ふん》に出発《しゅっぱつ》した列車《れっしゃ》は、約三十分後《やくさんじゅっぷんご》に到着《とうちゃく》する吉野生《よしのぶ》でも約十分間停車《やくじゅっぷんかんていしゃ》する。

車内《しゃない》にいると、しばらくして反対側《はんたいがわ》から、黄色《きいろ》の列車《れっしゃ》がやってくるのが遠《とお》くに見《み》えた。

その瞬間《しゅんかん》、みさきちゃんがガッと立《た》ち上《あ》がる。

「未来《みらい》ちゃん！　あれ『しまんトロッコ』や！　こらぁ、撮《と》らなあかんやろ！」

「行《い》こう！」

二人《ふたり》は一緒《いっしょ》に炎天下《えんてんか》のホームへと飛《と》び出《だ》す。

そして未来《みらい》はフィルムカメラ、みさきちゃんはＩＣ《アイシー》レコーダーを高《たか》くかかげた。

僕《ぼく》と上田《うえだ》もホームへ出《で》て、反対《はんたい》の線路《せんろ》を見《み》つめる。

「これもかっこいいなぁ！」

ドドドドドッ……。

『しまんトロッコ』が、窪川方面行《くぼかわほうめんいき》のホームにゆっくり停車《ていしゃ》する。

しまんトロッコは、黄色《きいろ》のかわいいトロッコ列車《れっしゃ》。

前部《ぜんぶ》には全面《ぜんめん》が黄色《きいろ》のキハ54形《がた》が連結《れんけつ》されている二両編成《りょうへんせい》だ。

ちなみにトロッコ車《しゃ》は、土砂《どしゃ》や鉱石《こうせき》を運《はこ》ぶために使《つか》われた貨車《かしゃ》のこと。

屋根《やね》はあるけれど、窓《まど》にはガラスもはめられていなくて、開放感抜群《かいほうかんばつぐん》なんだ。

お客《きゃく》さんはみんな気持《きも》ちよさそうだった。

JR《ジェイアール》四国《しこく》には、たくさんの観光列車《かんこうれっしゃ》が走《はし》っていて油断《ゆだん》できないね。

吉野生《よしのぶ》を過《す》ぎると、線路沿《せんろぞ》いに徐々《じょじょ》に家《いえ》が増《ふ》えてくる。

そして、窪川《くぼかわ》を出《で》てから約《やく》二時間半後《じかんはんご》の12時《じ》15分《ふん》に、宇和島《うわじま》の1番線《ばんせん》に到着《とうちゃく》した。

二時間半《じかんはん》はちょっとキツイかなぁと思《おも》ってたんだけど、車窓《しゃそう》の風景《ふうけい》がどんどん変《か》わっていくし、長時間停車《ちょうじかんていしゃ》も二回《かい》もあったから、実際《じっさい》に乗《の》ってみると「あっという間《ま》」って感《かん》じだった。

鉄道《てつどう》ホビートレインを降《お》りた僕《ぼく》らは、大《おお》きな木《き》のベンチの並《なら》ぶ宇和島《うわじま》のホームを歩《ある》く。

「ここから松山《まつやま》までは『特急宇和海《とっきゅううわかい》』でピュンと一本《いっぽん》やな。ほな、ここで昼飯《ひるめし》かぁ？」

上田《うえだ》の声《こえ》を聞《き》いて、未来《みらい》がいたずらっ子《こ》みたいな顔《かお》になった。

「……私《わたし》、寄《よ》ってみたいスイーツショップがあるんだけどぉ〜」

「スイーツって未来《みらい》ちゃん、そんなんじゃ腹《はら》がふくれへんがな……うおっ!!」

ブツブツ言《い》いかけた上田《うえだ》を跳《は》ね飛《と》ばし、みさきちゃんはキャイーンとジャンプ。

「ええやん、ええやん、スイーツショップ!!　そのお店《みせ》はどこにあるん？」

「この先《さき》の八幡浜《やわたはま》から、『伊予灘《いよなだ》ものがたり』って観光列車《かんこうれっしゃ》が走《はし》ってるんだけど、なんと！　車内《しゃない》でスイーツが食《た》べられるの!!」

にっこにこしながら、未来《みらい》がケータイ画面《がめん》を差《さ》し出《だ》す。

それは、伊予灘《いよなだ》ものがたりのホームページだった。走《はし》る方向《ほうこう》や時間帯《じかんたい》で、朝食《ちょうしょく》や夕食《ゆうしょく》なんかも食《た》べられるんだって。

「そりゃあ乗《の》るしかないよね！　でも席《せき》って空《あ》いてるのかな……」

こういう観光列車《かんこうれっしゃ》は、かなり早《はや》くから予約《よやく》で埋《う》まっちゃうことが多《おお》いんだ。

僕《ぼく》は未来《みらい》からケータイを借《か》りて、空席情報《くうせきじょうほう》を検索《けんさく》する。

すると、今日《きょう》16時過《じす》ぎに八幡浜《やわたはま》を出発《しゅっぱつ》する『伊予灘《いよなだ》ものがたり道後編《どうごへん》』の予約《よやく》は、△マ

ークになっていて「お席《せき》残《のこ》りわずかです」になっていた。

大丈夫《だいじょうぶ》かな？　四席《せき》、確保《かくほ》できるだろうか。

「次《つぎ》に乗《の》る、特急《とっきゅう》宇和海《うわかい》20号《ごう》まではかなり時間《じかん》があるから、みどりの窓口《まどぐち》で聞《き》いてみようか」

『そうしよう！』

みさきちゃんと未来《みらい》が二人《ふたり》でウンウンとうなずく。

そこで小《ちい》さな有人改札《ゆうじんかいさつ》から出《で》て、すぐ左《ひだり》にあったみどりの窓口《まどぐち》へ入《はい》る。

「すみません。今日《きょう》の八幡浜《やわたはま》を16時《じ》6分《ぷん》に出発《しゅっぱつ》する伊予灘《いよなだ》ものがたり道後編《どうごへん》って、今《いま》から四人《よにん》分取《ぶんと》れますか？」

「ちょっと待《ま》ってくださいね」

タッチパネルを何度《なんど》かたたいた駅員《えきいん》さんは、しばらくするとニコリと微笑《ほほえ》んだ。

「一週間《いっしゅうかん》くらい前《まえ》に団体《だんたい》のキャンセルが出《で》て、空《あ》きがありますね。席《せき》をお取《と》りしますか？」

その瞬間《しゅんかん》、未来《みらい》とみさきちゃんが両側《りょうがわ》から窓口《まどぐち》に顔《かお》を出《だ》す。

『ぜひっ！』

「あっ……はい。わかりました」

駅員《えきいん》さんは二人《ふたり》の雰囲気《ふんいき》に圧倒《あっとう》されながら、きっぷを発行《はっこう》する。

「みなさんは乗車券《じょうしゃけん》をお持《も》ちですか？」

僕《ぼく》らは、いっせいにポケットから、「はーい」と四国《しこく》フリーきっぷを出《だ》して見《み》せる。

「では、お一人《ひとり》さまグリーン券《けん》九八〇円《えん》になります」

「九八〇円《えん》！　ここは清水《きよみず》の舞台《ぶたい》から飛《と》び降《お》りるつもりでっ！　ぬぁぁぁぁぁぁぁぁぁぁ！」

上田《うえだ》が目《め》をつむって、千円札《せんえんさつ》を勢《いきお》いよくパシンとカウンターに置《お》く。

それがあまりにおおげさだったから、駅員《えきいん》さんの目《め》が丸《まる》くなった。

「そんなことで盛《も》りあがるなっ！　駅員《えきいん》さんが困《こま》るやろ！」

みさきちゃんは自分《じぶん》の分《ぶん》を財布《さいふ》から取《と》り出《だ》し、上田《うえだ》の肩《かた》を勢《いきお》いよくパシッとたたく。

「父《とう》さんが『思《おも》い出《で》はケチッちゃダメ』って言《い》ってたよ」

僕《ぼく》はみんなのお金《かね》を集《あつ》めて、駅員《えきいん》さんに手渡《てわた》す。

「伊予灘《いよなだ》ものがたり、楽《たの》しんできてね」

駅員《えきいん》さんが笑《わら》いながらやさしい声《こえ》で言《い》ってくれた。

四国《しこく》フリーきっぷで乗《の》る六《むっ》つめの列車《れっしゃ》は、特急宇和海《とっきゅううわかい》20号《ごう》。

2000系《けい》三両編成《りょうへんせい》の宇和海《うわかい》20号《ごう》は14時《じ》56分出発《ぷんしゅっぱつ》。そして約三十分後《やくさんじゅっぷんご》に八幡浜《やわたはま》に到《とう》着《ちゃく》。

八幡浜《やわたはま》はコンクリート製《せい》の二階建《かいだ》て駅舎《えきしゃ》。ホームには昔《むかし》の駅《えき》の雰囲気《ふんいき》が残《のこ》っていて、とってもレトロな感《かん》じの駅《えき》。

駅舎《えきしゃ》の横《よこ》には、名物《めいぶつ》のちゃんぽんや焼《や》きうどんを食《た》べられるお店《みせ》があった。

改札《かいさつ》のわきには、伊予灘《いよなだ》ものがたりの始発駅《しはつえき》となってから造《つく》られた、白壁《しらかべ》と木《き》の待合室《まちあいしつ》があった。入口《いりぐち》には列車名《れっしゃめい》が金文字《きんもじ》で入《はい》ったエンジ色《いろ》のノレンがかけられている。

そこで電車《でんしゃ》を待《ま》っていると、だんだんテンションが上《あ》がってきた。

16時《じ》近《ちか》くになると、待合室《まちあいしつ》には、お客《きゃく》さんが徐々《じょじょ》に集《あつ》まってくる。

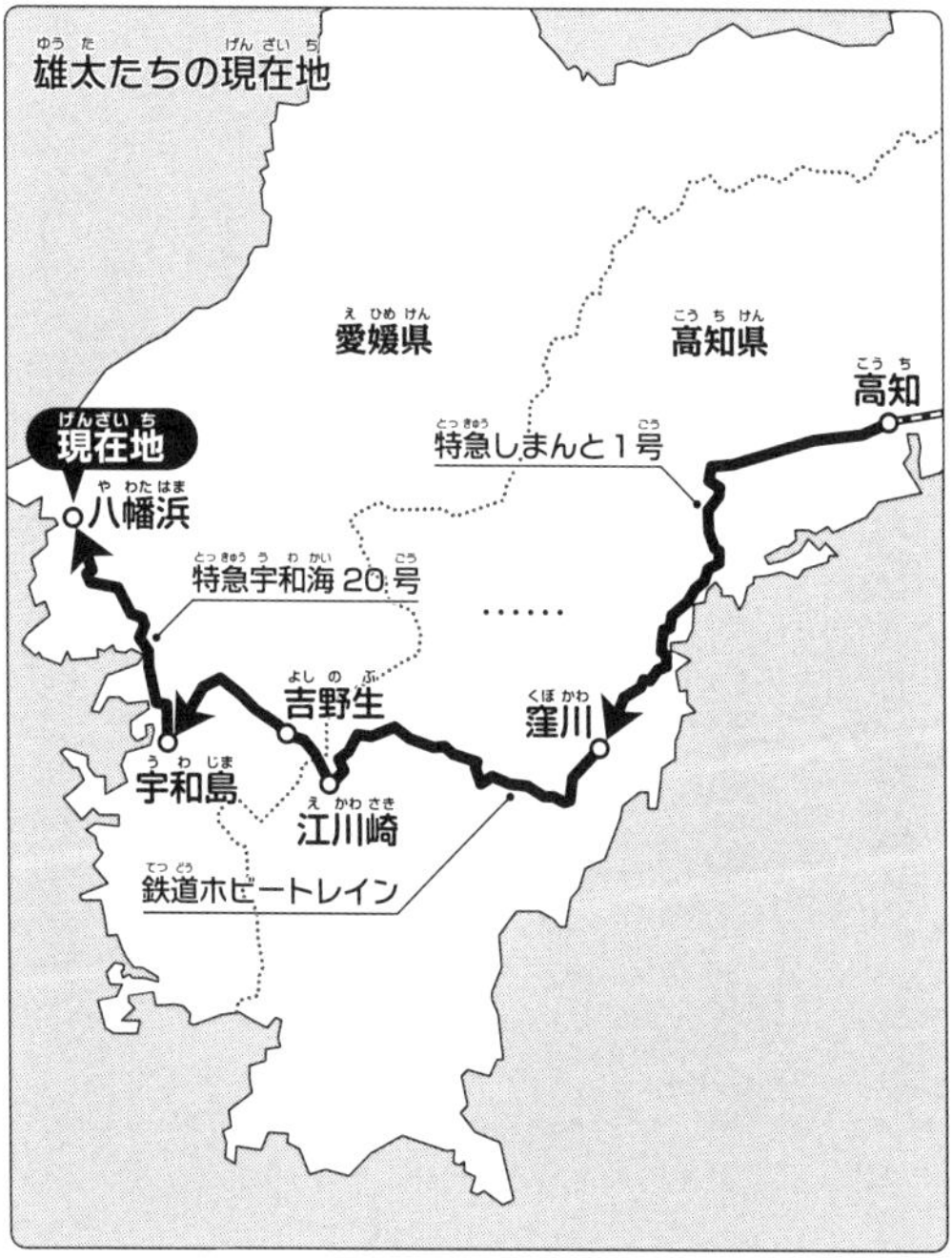

やがて、伊予灘《いよなだ》ものがたりの改札《かいさつ》が始《はじ》まるという案内《あんない》がされたので、みんなホームへと向《む》かいはじめた。

ホームのスピーカーからは、バイオリンが奏《かな》でるクラッシック音楽《おんがく》が流《なが》れている。

それから乗車位置《じょうしゃいち》に、ふかふかのカーペットが敷《し》かれた！

1号車《ごうしゃ》の場所《ばしょ》には赤《あか》、2号車《ごうしゃ》の場所《ばしょ》はオレンジ。伊予灘《いよなだ》ものがたりが発着《はっちゃく》する時《とき》だけ、すてきなカーペットが敷《し》かれるんだ。

「うわぁ〜なんか、高級《こうきゅう》レストランって感《かん》じやなぁ」

みさきちゃんは体《からだ》をクネクネさせながら喜《よろこ》ぶ。

「僕《ぼく》もホームに敷《し》かれたカーペットを見《み》るのは初《はじ》めてだよ」

ケータイを出《だ》して僕《ぼく》はパチリと撮《と》る。

そこに、松山方面《まつやまほうめん》から真《ま》っ赤《か》な車両《しゃりょう》がやってきた。

二両編成《りょうへんせい》の伊予灘《いよなだ》ものがたりは、八幡浜側《やわたはまがわ》となる1号車《ごうしゃ》は濃《こ》い赤《あか》、松山側《まつやまがわ》となる2号車《ごうしゃ》は輝《かがや》くようなオレンジ色《いろ》をしていた。

つなぎ目付近《めふきん》で両方《りょうほう》の色《いろ》がからみあうオシャレなデザインで、とってもかっこいい。

到着《とうちゃく》した車両《しゃりょう》からは、ここまで乗《の》ってきたお客《きゃく》さんがぞろぞろと降《お》りてきた。

そして、出発《しゅっぱつ》の準備《じゅんび》が始《はじ》まった。

半袖《はんそで》の白《しろ》いシャツにグレーのベストを着《き》た車掌《しゃしょう》さんや運転手《うんてんしゅ》さん、それに茶系《ちゃけい》の制服《せいふく》を着《き》たアテンダントさんたちが、車内《しゃない》でもホームでも忙《いそが》しく走《はし》りまわる。

ホームで待《ま》つお客《きゃく》さんたちは、手《て》に手《て》にケータイやカメラを持《も》って、パチリパチリと写《しゃ》真《しん》を撮《と》っていた。

ホームを走《はし》りまわって撮影《さつえい》していた未来《みらい》が、息《いき》を切《き》らせて戻《もど》ってくる。

「ねえ、雄太《ゆうた》っ……この車両《しゃりょう》の色《いろ》って寝台特急《しんだいとっきゅう》サンライズに似《に》てない？」

「おっ、するどいぞ、未来《みらい》！」

「やっぱり！」

未来《みらい》がうれしそうにぽんと手《て》を打《う》った。

「1号車《ごうしゃ》の濃《こ》い赤色《あかいろ》は『茜色《あかねいろ》』で、伊予灘《いよなだ》で見《み》られる夕焼《ゆうや》けを、2号車《ごうしゃ》のオレンジは『黄《おう》金色《ごんいろ》』ってことで、愛媛《えひめ》の名産《めいさん》みかんと輝《かがや》く太陽《たいよう》をイメージしているんだって」

「サンライズも太陽《たいよう》をイメージした色《いろ》だもんねぇ」

出発準備《しゅっぱつじゅんび》が終《お》わり、乗車《じょうしゃ》のアナウンスがあった。

扉《とびら》の前《まえ》には美人《びじん》のアテンダントさんが立《た》って「いらっしゃいませ」と、お客《きゃく》さんを笑顔《えがお》で迎《むか》えてくれる。

「よろしくお願《ねが》いします〜」

僕《ぼく》らも笑顔《えがお》で応《こた》えながら乗車《じょうしゃ》する。

車内《しゃない》にもたくさんのアテンダントさんがいて、目《め》が合《あ》うとにこっと笑《わら》ってあいさつしてくれた。

こういう列車《れっしゃ》って気持《きも》ちいいよねっ！

2号車《ごうしゃ》の扉《とびら》の前《まえ》には、茶色《ちゃいろ》の天板《てんばん》の半円形《はんえんけい》のバースタイルカウンターがあって、ここでは飲《の》みものやちょっとした軽食《けいしょく》を売《う》っている。

1号車《ごうしゃ》も2号車《ごうしゃ》もシートやテーブル、フロアの色《いろ》が少《すこ》し違《ちが》うものの、真《ま》ん中《なか》の通路《つうろ》をはさんで海側《うみがわ》のほうは一人用《ひとりよう》の椅子《いす》の並《なら》ぶカウンターになっていた。

山側《やまがわ》のほうはテーブルを真《ま》ん中《なか》に、シートが向《む》かいあわせになった二人席《ふたりせき》。運転席《うんてんせき》の近《ちか》くは、海側《うみがわ》だけボックスシートになっている。

「こういう列車《れっしゃ》は『海側《うみがわ》のほうがいい』ってなりがちやけど、伊予灘《いよなだ》ものがたりは山側《やまがわ》のほうが一段高《だんたか》くなってるから、ちゃんと海側《うみがわ》の景色《けしき》も見《み》れるんやね」

山側《やまがわ》の二人席《ふたりせき》を見《み》ながらみさきちゃんが言《い》う。

「すごく細《こま》かいところまで気《き》を使《つか》って造《つく》られているんだよ」

僕《ぼく》らの指定席《していせき》は先頭《せんとう》の２号車《ごうしゃ》で、海側《うみがわ》の向《む》かいあわせに座《すわ》る四人用《よにんよう》ボックス席《せき》だった。

窓際《まどぎわ》の進行方向《しんこうほうこう》には未来《みらい》、その前《まえ》にみさきちゃん。僕《ぼく》は未来《みらい》の横《よこ》で、みさきちゃんの横《よこ》の通路側《つうろがわ》には上田《うえだ》が座《すわ》る。

向《む》かいあわせに置《お》かれている緑《みどり》の椅子《いす》の間《あいだ》には、広《ひろ》いテーブルがあって、それぞれのシートには小《ちい》さなオレンジ色《いろ》のクッションが置《お》いてあった。

「すごい気持《きも》ちいいシートだよ」

未来《みらい》はポンポンとシートの上《うえ》ではねながら微笑《ほほえ》む。

「こんなんもう列車《れっしゃ》のシートとちごて、家《いえ》の高級《こうきゅう》ソファ並《な》みやん」

こげ茶色《ちゃいろ》のひじかけをさわりながら上田《うえだ》が言《い》うと、横《よこ》からみさきちゃんが突《つ》っこむ。

「上田《うえだ》の家《いえ》にそんなもんないやろ～？」

「そうそう、うちにはこういう高《たか》いもんは……って、ほっとけ！」

上田《うえだ》はスパンと、みさきちゃんへ突《つ》っこみ返《かえ》した。

ファアアアアアアアアアアアアアアアン！

高《たか》らかに警笛《けいてき》を鳴《な》らして伊予灘《いよなだ》ものがたりが駅《えき》から発車《はっしゃ》すると、ホームにいた駅員《えきいん》さんが全員《ぜんいん》で手《て》を振《ふ》りはじめる。

『行《い》ってきまーす!!』

僕《ぼく》らもニコニコしながら手《て》を振《ふ》り返《かえ》した。

フュュゴゴゴゴゴゴッ……。

キロ47形《がた》のエンジンが力強《ちからづよ》く回《まわ》りだし、八幡浜《やわたはま》を出発《しゅっぱつ》する。

「なんだありゃ！」

走《はし》りだしてすぐ、左《ひだり》に見《み》えてきたガソリンスタンドの店員《てんいん》さんが、一列《れつ》に並《なら》んで旗《はた》をパタパタ振《ふ》って出発《しゅっぱつ》を見送《みおく》ってくれていて、僕《ぼく》はびっくりした。

他《ほか》にも沿線《えんせん》に立《た》っている人《ひと》が、あっちこっちから手《て》を振《ふ》ってくれている。

感動《かんどう》だった。

「きっと、地域《ちいき》の人《ひと》にめっちゃ愛《あい》されてるんやろうな、この伊予灘《いよなだ》ものがたりは……」

そう言《い》った上田《うえだ》に、僕《ぼく》らはみんなで『うん』とうなずいた。

こういうことは途中何度《とちゅうなんど》もあって、大《おお》きな川《かわ》を渡《わた》る時《とき》に川岸《かわぎし》に小《ちい》さく見《み》えた大洲城《おおずじょう》から、たくさんのノボリが左右《さゆう》に揺《ゆ》れているのが見《み》えたときには驚《おどろ》いてしまった。

〈大洲城《おおずじょう》のスタッフだけではなく、お客《きゃく》さまにもご協力《きょうりょく》いただいておりまーす〉

そんなアテンダントさんの放送《ほうそう》に、思《おも》わず車内《しゃない》は笑《わら》いに包《つつ》まれる。

そして僕《ぼく》らは、目的《もくてき》のスイーツを注文《ちゅうもん》！

僕《ぼく》と上田《うえだ》は生《なま》クリームが載《の》ったショートケーキ、未来《みらい》とみさきちゃんは、地元《じもと》・愛媛産《えひめさん》のキウイが入《はい》ったロールケーキを注文《ちゅうもん》した。

どのスイーツもすっごく美味《おい》

しいし、紅茶《こうちゃ》もポットでサービスされる本格的《ほんかくてき》なものだった。

「列車内《れっしゃない》の食事《しょくじ》やのに、どんだけオシャレやねん」

上田《うえだ》が言《い》うとおり！

伊予灘《いよなだ》ものがたりの車内《しゃない》はすべてオシャレ。BGM《ビージーエム》もジャズなんだよ。

伊予長浜《いよながはま》に着《つ》くと、列車《れっしゃ》は瀬戸内海沿《せとないかいぞ》いを走《はし》りだす。

海岸線《かいがんせん》がどこまでも続《つづ》いている。

最初《さいしょ》は青《あお》い海《うみ》だったけど、走《はし》っているうちに太陽《たいよう》が海《うみ》へ向《む》かっていき、赤《あか》に染《そ》まっていく。

その景色《けしき》は見《み》ているだけで目《め》がウルウルしてきそうなくらいのきれいさだ。

「すっ、すごい――――!!」

立《た》ち上《あ》がった未来《みらい》は、フィルムカメラのシャッターを何度《なんど》も切《き》っている。

列車《れっしゃ》は時速《じそく》三〇キロくらいまで落《お》として、海《うみ》が見《み》やすいようにゆっくりと走《はし》る。

今《いま》までも海沿《うみぞ》いの線路《せんろ》を走《はし》る列車《れっしゃ》にたくさん乗《の》ってきたけど、ここは最高《さいこう》かもしれない。

それは予讃線《よさんせん》が他《ほか》の海沿《うみぞ》いの路線《ろせん》と違《ちが》って、高《たか》いところを走《はし》っているから。

そのために海《うみ》へ傾《かたむ》く太陽《たいよう》が、よりダイナミックに見《み》えるのだ。

一番《いちばん》のクライマックスは、下灘《しもなだ》って駅《えき》に停車《ていしゃ》した時《とき》！

この駅《えき》では四分間停車《ふんかんていしゃ》する。

僕《ぼく》らはドキドキしながら急《いそ》いでホームへ降《お》りた。

下灘《しもなだ》は海《うみ》のすぐ側《そば》にある駅《えき》で、線路《せんろ》の向《む》こうに広《ひろ》がる海《うみ》へ太陽《たいよう》が沈《しず》んでいくのがよく見《み》えた。

夕日《ゆうひ》のオレンジ色《いろ》の帯《おび》が海《うみ》に、そして僕《ぼく》らに向《む》かって伸《の》びている。

あまりに美《うつく》しい光景《こうけい》に言葉《ことば》を失《うしな》った僕《ぼく》らは、ホームに立《た》ちつくして夕日《ゆうひ》を見《み》つめた。

僕《ぼく》が知《し》る限《かぎ》り、夕日《ゆうひ》がきれいな駅《えき》ベスト3《スリー》に入《はい》ると思《おも》う。

「そろそろ出発《しゅっぱつ》しまーす!!」

車掌《しゃしょう》さんがホームにいたお客《きゃく》さんに声《こえ》をかけた時《とき》、

『えっ!?　もう!?』

と、僕《ぼく》らは四人《よにん》で同時《どうじ》に答《こた》えたくらいだった。

みんながそう思《おも》ってしまうぐらい、ここでの四分《ふん》はあっという間《ま》だった。

心《こころ》の底《そこ》から後《うし》ろ髪《がみ》引《ひ》かれる思《おも》いで車内《しゃない》へ入《はい》る。

下灘《しもなだ》を出《で》てからも、夏休《なつやす》みの太陽《たいよう》は僕《ぼく》らを追《お》いかけるように、しばらくついてきてくれた。

終点《しゅうてん》の松山《まつやま》が迫《せま》った時《とき》、みさきちゃんがテーブルの上《うえ》にケータイを置《お》いた。

液晶画面《えきしょうがめん》を見《み》ると、「再生《さいせい》」って文字《もじ》が出《で》ている。

「なに、これ？」

「まぁ、聞《き》いてみて……」

やがて、ケータイから曲《きょく》が流《なが》れだす。

あれっ……これって……。

それは昨日美代《きのうみよ》おばさんが口《くち》ずさんでいた曲《きょく》だった。

「すごい、あれをメロディにしたの!?」

僕《ぼく》が驚《おどろ》くと、みさきちゃんは恥《は》ずかしそうに照《て》れた。

「私《わたし》、バイオリンの才能《さいのう》はあんまないけど、聴《き》いたメロディは耳《みみ》コピできるんよ」

『耳《みみ》コピ!?』

伊予灘ものがたり
Iyonada Monogatari
IYONADA MONOGATARI

そのあまりのすごい能力《のうりょく》に、僕《ぼく》らはみんな驚《おどろ》いた。

「それって、どんな音《おと》でも音名《おんめい》がわかる『絶対音感《ぜったいおんかん》』じゃない？」

未来《みらい》に向《む》かって、みさきちゃんは恥《は》ずかしそうに手《て》を横《よこ》に振《ふ》る。

「そんなすごいもんちゃうちゃう。聴《き》いた音《おと》をメロディにできるだけやって……」

「なんやかんや言《ゆ》うて、みさきはすごいやっちゃな」

「そっ、そんなことないって……。せやけど、ありがとうな、上田《うえだ》」

その時《とき》、僕《ぼく》の頭《あたま》の歯車《はぐるま》がクルクルと回《まわ》りだした。

「この曲《きょく》……やっぱりどこかで聴《き》いたことがある……」

「えっ!?　本当《ほんとう》に？」

僕《ぼく》は未来《みらい》に向《む》かってうなずいた。

「美代《みよ》おばさんが口《くち》ずさんでいた時《とき》は、なんとなくボンヤリしていたけど、こうやってみさきちゃんがメロディにしてくれたからハッキリしてきたよ。もう一回《いっかい》聴《き》かせてっ！」

「うん、ええよ」

みさきちゃんが再生《さいせい》ボタンを押《お》すと、車内放送《しゃないほうそう》をしらせるチャイムに重《かさ》なってしまった。

「なんや、タイミング悪《わる》いなぁ」

だけど、その時《とき》、僕《ぼく》の体《からだ》に電気《でんき》のようなショックが走《はし》った。

「あ――っ!! これ、寝台《しんだい》列車《れっしゃ》の車内《しゃない》放送《ほうそう》をしらせるチャイムじゃん!」

間違《まちが》いない。これは14系《けい》、24系《けい》ブルートレインで、かかっていたメロディだ!

「それ、どういうこと!?」

未来《みらい》が身《み》を乗《の》り出《だ》して聞《き》いてくる。

「ひいおばあちゃんがおつきあ

いしていた作曲家《さっきょくか》の曲《きょく》と、寝台列車《しんだいれっしゃ》のチャイムが同《おな》じメロディなんだよ！」

「ほ、ほんとに!?」

「うん、間違《まちが》いないよ！」

チャイムは1《ワン》フレーズだけだから、気《き》づかなかったんだ。

「せやったら、作曲家《さっきょくか》の名前《なまえ》、わかるんとちゃうか？」

上田《うえだ》の目《め》も輝《かがや》いてる。

「雄太《ゆうた》っ!!」

未来《みらい》が僕《ぼく》の肩《かた》をつかんで揺《ゆ》さぶる。

「ちょ、ちょっと待《ま》って」

僕《ぼく》はケータイを使《つか》って、寝台列車《しんだいれっしゃ》で使《つか》われていたメロディを調《しら》べた。

すぐに、その曲《きょく》が『ハイケンスのセレナーデ』と呼《よ》ばれているとわかった。

つまり――

「未来《みらい》のひいおばあちゃんにプレゼントを贈《おく》った人《ひと》がわかったよ！」

「だっ、誰《だれ》なの？」

僕《ぼく》はケータイ画面《がめん》をグイとみんなに見《み》せた。

「ジョニー・ハイケンス。第二次世界大戦前《だいにじせかいたいせんまえ》にヨーロッパで活躍《かつやく》した作曲家《さっきょくか》だよ」

未来《みらい》は、ケータイの画面《がめん》を食《く》い入《い》るように見《み》つめる。

「さっすがやな〜雄太君《ゆうたくん》！」

みさきちゃんが、ニカッと笑《わら》ってV《ヴィ》サインを向《む》ける。

「これでお宝《たから》は、手《て》に入《はい》ったようなもんやな！　ぐふっ!!」

すかさず、みさきちゃんが、上田《うえだ》にエルボーを食《く》らわせる。

「それ今言《いまゆ》うことかっ！」

ハイケンスは、オランダ出身《しゅっしん》で、当時《とうじ》、ドイツを中心《ちゅうしん》に活躍《かつやく》した作曲家《さっきょくか》さんなんだって。

そして、王子《おうじ》さまと未来《みらい》のひいおばあちゃんを取《と》りあって、プレゼントを渡《わた》した人《ひと》……。

えっ、まさか！

よく考《かんが》えたら、僕《ぼく》はこれとよく似《に》た話《はなし》を知《し》っている!!

……こんな話《はなし》が、いくつもあるはずがない。

僕《ぼく》は、ジグソーパズルがピタリピタリとはまっていくような感覚《かんかく》に、ゾクゾクしはじめた。

ケータイの画面《がめん》を見《み》つめている未来《みらい》に、ドキドキしながらたずねる。

「……ねぇ未来《みらい》。ひいおばあちゃんの名前《なまえ》って……もしかして……『来夏《らいか》』？」

目《め》を真《ま》ん丸《まる》にして未来《みらい》は驚《おどろ》く。

「そっ、そう……。でも私《わたし》、雄太《ゆうた》にひいおばあちゃんの名前《なまえ》、教《おし》えた？」

やっぱりそうだったんだ！

すごい偶然《ぐうぜん》に……時《とき》を超《こ》えた出会《であ》いと再会《さいかい》に、僕《ぼく》の心《こころ》が震《ふる》えはじめる。

僕《ぼく》は、自分《じぶん》を落《お》ち着《つ》かせるように、ゆっくり首《くび》を横《よこ》に振《ふ》る。

「ううん。その名前《なまえ》は、函館《はこだて》から帰《かえ》る時《とき》に、レオンから聞《き》いたんだよ。ひいおじいさんの親友《しんゆう》の名前《なまえ》としてね」

「えっ……えっ!?　……じゃ、じゃあ……」

僕《ぼく》の話《はなし》を聞《き》いて一瞬《いっしゅん》とまどった未来《みらい》だけど、だんだんと目《め》が見開《みひら》かれていく。

「ひいおばあちゃんを作曲家《さっきょくか》と取《と》りあった王子《おうじ》さまって、レオンのひいおじいさんなの!?

じゃあ舞踏会《ぶとうかい》が開《ひら》かれたのって、ルヒタンシュタイン公国《こうこく》!?」

「きっと、そうだよ。舞踏会《ぶとうかい》にはレオンのひいおじいさんと作曲家《さっきょくか》、ジョニー・ハイケンスがいて、三人《にん》はそこで知《し》りあったんだ！」

いろいろな謎《なぞ》が、今《いま》、一気《いっき》に解《と》けた感《かん》じがした。

「ひいおばあちゃんは、函館《はこだて》でレオンのひいおじいさんに再会《さいかい》した時《とき》に、ジョニー・ハイケンスからのプレゼントを受《う》け取《と》ったのね」

未来《みらい》の目《め》に涙《なみだ》があふれていく。

「うん。それが……小笠原家《おがさわらけ》の失《うしな》われた財宝《ざいほう》なんだ」

僕《ぼく》らは、ついに答《こた》えにたどり着《つ》いたのだった。

レオンのひいおじいさんの日本《にほん》の親友《しんゆう》は、未来《みらい》のひいおばあちゃんの来夏《らいか》さん。

戦後《せんご》、再会《さいかい》することなく亡《な》くなったのは、作曲家《さっきょくか》ジョニー・ハイケンスだったのだ。

だが、ジョニー・ハイケンスは亡《な》くなる前《まえ》に「これを来夏《らいか》に渡《わた》してほしい」と、レオンのひいおじいさんにあるものを託《たく》した。

そして数十年後《すうじゅうねんご》、ハイケンスとの約束《やくそく》を守《まも》るためにレオンのひいおじいさんは、シベリア鉄道《てつどう》に乗《の》って函館《はこだて》へ来《き》て、そこで、未来《みらい》のひいおばあちゃんに手渡《てわた》したんだ。

あの、坂《さか》の近《ちか》くに建《た》つ、美《うつく》しい教会《きょうかい》で！
夕日《ゆうひ》に照《て》らされた車内《しゃない》で、僕《ぼく》たちは驚《おどろ》きのあまり声《こえ》を出《だ》せないでいた。

7 小笠原家《おがさわらけ》の失《うしな》われた財宝《ざいほう》

ポッポ――――!!
JR《ジェイアール》松山駅前《まつやまえきまえ》から『坊《ぼ》っちゃん列車《れっしゃ》』が発車《はっしゃ》する。
小《ちい》さな車内《しゃない》には僕《ぼく》と未来《みらい》、みさきちゃん、上田《うえだ》の四人《よにん》だけ。

ゴゴゴゴッ……ガガガガッ……ギコギコギコ……ガガガガッ……。

車内《しゃない》はたぶん今《いま》までに乗《の》った客車《きゃくしゃ》の中《なか》で「最大《さいだい》」と思《おも》われる騒音《そうおん》で満《み》たされる。
『ぐわぁあぁあぁあぁ～』
僕《ぼく》らは耳《みみ》をふさぐように手《て》を当《あ》てて叫《さけ》んだ。

こんなにすごい騒音《そうおん》がするのは、客車《きゃくしゃ》の設計《せっけい》がとってても古《ふる》くって、今《いま》の車両《しゃりょう》のような振《しん》動《どう》や騒音《そうおん》をおさえる装置《そうち》が付《つ》いていないから。

僕《ぼく》らが今乗《いまの》っているのは、蒸気機関車《じょうききかんしゃ》に連結《れんけつ》された二両《りょう》の客車《きゃくしゃ》のうちの一《ひと》つ。

「こんな蒸気機関車《じょうききかんしゃ》を路面電車《ろめんでんしゃ》の軌道《きどう》で走《はし》らせるなんてすごいなぁ」

上田《うえだ》が客車《きゃくしゃ》の小《ちい》さな窓《まど》から外《そと》を見《み》ながら言《い》った。

「でも、夏目漱石《なつめそうせき》が書《か》いた『坊《ぼ》っちゃん』に出《で》てくる蒸気機関車《じょうききかんしゃ》って、軽便鉄道時代《けいべんてつどうじだい》の伊《い》予鉄道《よてつどう》らしいから、まさにこのサイズだったみたいだよ」

僕《ぼく》は騒音《そうおん》に負《ま》けないような大《おお》きな声《こえ》で言《い》った。

「まっ、負《ま》けへんぞぉ！　録《と》り鉄魂《てつだましい》見《み》せたる――――!!」

なぜか意地《いじ》になっているみさきちゃんは、ＩＣ《アイシー》レコーダーをガシリと右手《みぎて》に握《にぎ》りながら必死《ひっし》に録音《ろくおん》していた。

きっと、耳《みみ》のヘッドフォンから聞《き》こえる音《おと》はすごいことになっているね。

実《じつ》はこの坊《ぼ》っちゃん列車《れっしゃ》はレプリカ。

伊予鉄道《いよてつどう》が復活《ふっかつ》させた三両編成《りょうへんせい》の列車《れっしゃ》で、いつもは古町駅《こまちえき》または、松山市駅《まつやましえき》～道後温泉《どうごおんせん》間《かん》を走《はし》っている。

小説《しょうせつ》『坊《ぼ》っちゃん』の中《なか》に、主人公《しゅじんこう》が四国《しこく》・松山《まつやま》の中学校《ちゅうがっこう》に赴任《ふにん》する際《さい》に、「マッチ箱《ばこ》のような汽車《きしゃ》」に乗《の》ったと書《か》かれているんだけど、それを再現《さいげん》して路面電車《ろめんでんしゃ》の上《うえ》で運転《うんてん》されているんだ。

外《そと》から見《み》ると、当時《とうじ》のままの小《ちい》さな蒸気機関車《じょうききかんしゃ》に見《み》えるけど、実《じつ》はディーゼル機関車《きかんしゃ》。

石炭《せきたん》のばい煙《えん》による公害《こうがい》を避《さ》けるためにそうしたんだって。

でも、ちゃんと煙突《えんとつ》からは白《しろ》い煙《けむり》が出《で》て、シュッシュッと蒸《じょう》気《き》の音《おと》がする。この音《おと》は車外《しゃがい》スピーカーで鳴《な》らされていて、煙《えん》突《とつ》から出《で》ているのは水蒸気《すいじょうき》なんだ。

そして、僕《ぼく》らが乗《の》っているハ1形《がた》と呼《よ》ばれる客車《きゃくしゃ》も、当時《とうじ》のものになるべく近《ちか》づけて再現《さいげん》されている。

「来夏《らいか》おばあちゃんは、本物《ほんもの》の坊《ぼ》っちゃん列車《れっしゃ》に乗《の》っていたのかな？」

未来《みらい》は小《ちい》さな窓《まど》から見《み》える、松山城《まつやまじょう》を見《み》ながらつぶやいた。

「そうやなぁ。初代《しょだい》の坊《ぼ》っちゃん列車《れっしゃ》は明治《めいじ》から昭和《しょうわ》二九年《ねん》まで走《はし》っとったらしいから、きっと、乗《の》ってたんちゃうか？」

私鉄《してつ》にくわしい上田《うえだ》がサラッと答《こた》える。

「そっか……。こうやって時間《じかん》を超《こ》えて同《おな》じようなことが体験《たいけん》できるって……」

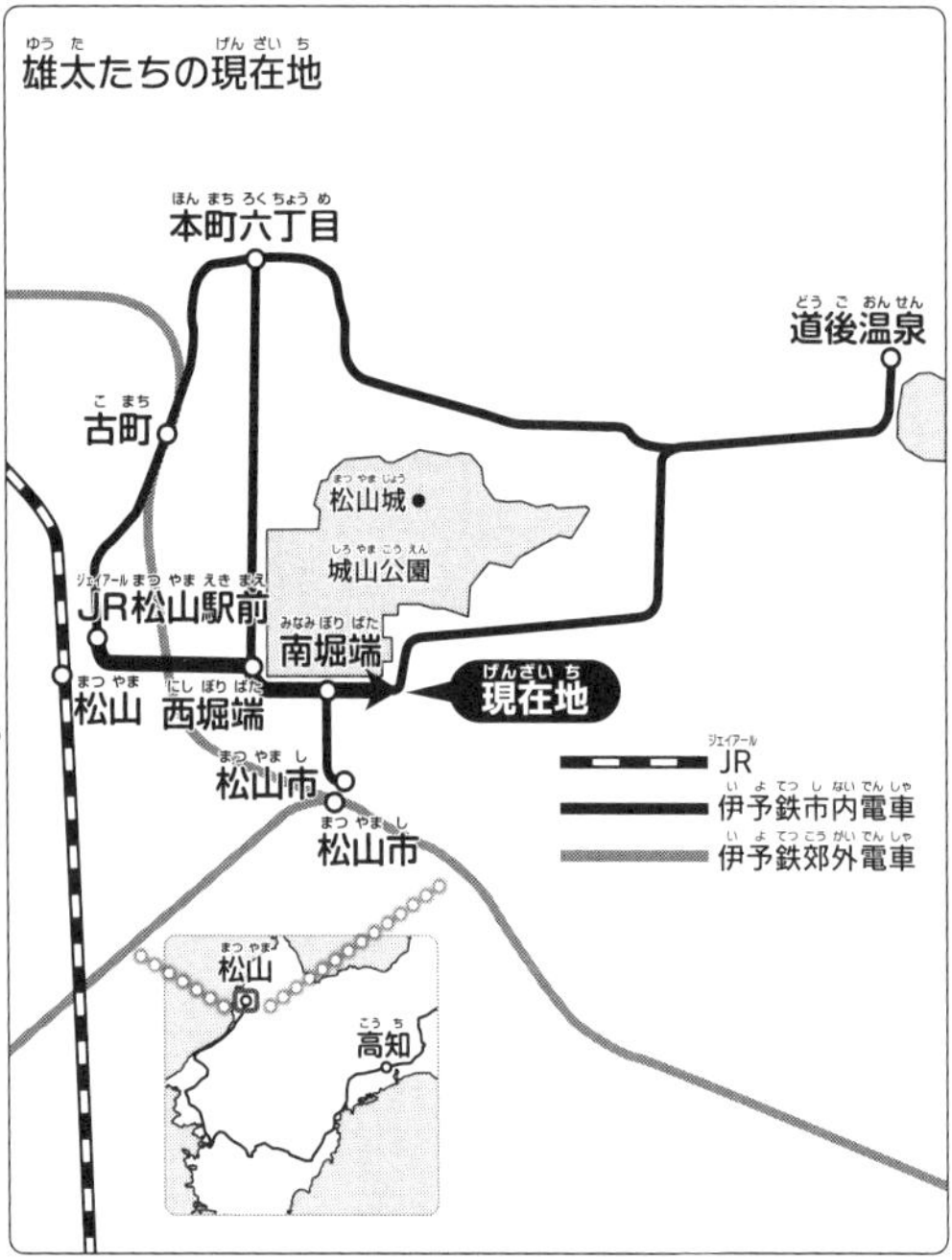

そこで僕《ぼく》らは目《め》を合《あ》わせた。

『まるでタイムマシーンみたいだね』

こういう体験《たいけん》は他《ほか》の乗《の》り物《もの》ではなかなかできない。

飛行機《ひこうき》、自動車《じどうしゃ》、船《ふね》などは古《ふる》くなると、老朽化《ろうきゅうか》して危険《きけん》だから、飛《と》ばしたり走《はし》らせたりすることができなくなってしまうからだ。

その点《てん》、鉄道《てつどう》は、ことでんみたいに、係員《かかりいん》さんたちが毎日《まいにち》しっかりと整備《せいび》してくれれば、かなり長《なが》い年月《ねんげつ》を走《はし》らせることができる。

こうやって、レプリカを走《はし》らせることもできちゃうしね。

「これが、来夏《らいか》おばあちゃんのもらった宝物《たからもの》なんだね」

未来《みらい》のひざの上《うえ》にはA《エー》4サイズくらいの、表面《ひょうめん》にドイツ語《ご》が書《か》かれた木箱《きばこ》があった。

この木箱《きばこ》は松山本家《まつやまほんけ》の未来《みらい》のおじいちゃんに言《い》って借《か》りてきたものだ。

松山《まつやま》へ向《む》かった僕《ぼく》らは、松山本家《まつやまほんけ》の蔵《くら》の中《なか》を見《み》せてもらった。

中《なか》にはたくさんのものが入《はい》っていた。

だけど、僕《ぼく》らは昨日《きのう》、それがドイツで活躍《かつやく》した作曲家《さっきょくか》ジョニー・ハイケンスから贈《おく》られたものであると、つきとめていた。だから……、

・ドイツ語《ご》で書《か》かれているもの
・音楽《おんがく》に関《かか》わるもの
・それほど大《おお》きくないもの

という三《みっ》つに絞《しぼ》って大捜索《だいそうさく》した。

捜索《そうさく》には時間《じかん》がかかったけど、僕《ぼく》らはこの木箱《きばこ》を発見《はっけん》することに成功《せいこう》した。

みんなでドキドキしながら開《あ》けてみると、中《なか》にはたくさんの手書《てが》きの楽譜《がくふ》が入《はい》っていたんだ。

それを見《み》た上田《うえだ》は、「なんだ、お宝《たから》ちゃうやん」と、がっかりした声《こえ》を出《だ》した。

だけど、僕《ぼく》はジョニー・ハイケンスについてネットで調《しら》べていたから、とっても驚《おどろ》いた。

「上田《うえだ》っ！　これはすごいものなんだよっ！」

「どういうことやねん、雄太《ゆうた》？」

「ジョニー・ハイケンスさんはたくさんの楽曲《がっきょく》を作曲《さっきょく》しているけど、ほとんどの作品《さくひん》は戦《せん》

争《そう》で失《うしな》われて、残《のこ》っている楽譜《がくふ》は『ハイケンスのセレナーデ』ただ一《ひと》つなんだっ！」

みんなは、はっと顔《かお》を上《あ》げた。

ここにある楽譜《がくふ》の束《たば》のすごさに気《き》がついたと、その表情《ひょうじょう》が言《い》っている。

「え――――っ!! ほな、この楽譜《がくふ》は……」

みさきちゃんの手《て》がフルフルと震《ふる》えだす。

「そうだよ。ジョニー・ハイケンスの失《うしな》われた楽譜《がくふ》が、小笠原家《おがさわらけ》の財宝《ざいほう》だったんだっ」

『うわぁ――――!!』

僕《ぼく》らは蔵《くら》の中《なか》で思《おも》いきり叫《さけ》んだ。

そんな大発見《だいはっけん》を未来《みらい》のおじいちゃんに告《つ》げると、

「そうかい。じゃあ、来夏《らいか》おばあちゃんに報告《ほうこく》しといで」

って、言《い》われた。

そこで、僕《ぼく》らは道後温泉《どうごおんせん》にある、未来《みらい》のひいおばあちゃんのお墓《はか》にお参《まい》りすることにして、坊《ぼ》っちゃん列車《れっしゃ》に乗《の》ったんだ。

みさきちゃんは来夏《らいか》おばあちゃんのお墓《はか》に供《そな》える、大《おお》きな花束《はなたば》を胸《むね》に抱《かか》えている。

楽譜《がくふ》の入《はい》った木箱《きばこ》を未来《みらい》はギュッと握《にぎ》った。

「ハイケンスさんと来夏《らいか》おばあちゃんって……戦争《せんそう》のおかげで結《むす》ばれなかったよね」

「まぁな……。結局《けっきょく》、再会《さいかい》でけへんかったわけやしな」

上田《うえだ》が首《くび》の後《うし》ろに手《て》を組《く》む。

「日本《にほん》は戦争《せんそう》に負《ま》けて、ハイケンスさんも死《し》んでしまって……、戦後《せんご》、かなり経《た》ってから函館《はこだて》で再会《さいかい》できたのは、レオンのひいおじいさんだけだった……んだよね」

ため息《いき》をつきながら、僕《ぼく》はつぶやいた。

「ちょっと、かわいそうだな……来夏《らいか》おばあちゃん、それに、ハイケンスさん」

未来《みらい》の目《め》に、すっと涙《なみだ》が浮《う》かんだ。

その時《とき》、みさきちゃんがケータイを操作《そうさ》しはじめた。すぐに、ケータイからはきれいな音楽《おんがく》が流《なが》れだした。

それはお花畑《はなばたけ》に妖精《ようせい》たちが舞《ま》うような、スキップでもしたくなるような楽《たの》しい曲《きょく》だった。

「こんな時《とき》に、なにそんな曲《きょく》かけてんねん。雰囲気《ふんいき》考《かんが》えろや、みさき」

「これ……その楽譜《がくふ》の中《なか》にあった一曲《いっきょく》や……」

みさきちゃんがつぶやく。

「ジョニー・ハイケンスの失《うしな》われた楽譜《がくふ》の一《ひと》つ？」

みさきちゃんは未来《みらい》に向《む》かって、「そうや」と言《い》いながらニコリと微笑《ほほえ》んだ。

「……タイトルは『愛《いと》しいライカへ』やて……」

「……みさきちゃん」

みさきちゃんは楽譜《がくふ》の一《ひと》つをケータイに打《う》ちこんで、メロディにしてくれていたんだ。

「こんな楽《たの》しい曲《きょく》を贈《おく》りあえた二人《ふたり》が、不幸《ふこう》だったことなんてありえへんよ。短《みじか》い時間《じかん》やったかもしれへんけど……きっと、二人《ふたり》は幸《しあわ》せやったんや。私《わたし》にはわかるわ……」

笑顔《えがお》のみさきちゃんの目《め》から、ポロッと涙《なみだ》がこぼれた。

「アホかっ、みさき。笑《わら》いながら泣《な》くとか器用《きよう》なことすなっ」

そう言《い》う上田《うえだ》の目《め》も赤《あか》くなっている。僕《ぼく》もこぶしで目《め》をこすった。

「未来《みらい》、僕《ぼく》もそう思《おも》うよ」

「雄太《ゆうた》……」

「きっと、二人《ふたり》は出会《であ》えただけで、幸《しあわ》せだったんだね……」

未来《みらい》の目《め》から涙《なみだ》があふれた。

「ありがとう……。みんなと出会《であ》えて、私《わたし》も幸《しあわ》せだよ」

小《ちい》さな客車《きゃくしゃ》の中《なか》で顔《かお》を見《み》あわせた僕《ぼく》らは、微笑《ほほえ》みあった。

ただ悲《かな》しいだけじゃないから。すてきな出会《であ》いがあったんだ。

恋《こい》をして、お互《たが》いを思《おも》いあい、そして親友《しんゆう》となった人《ひと》が、愛《あい》する人《ひと》の思《おも》いがこもった楽《がく》譜《ふ》の贈《おく》り物《もの》を携《たずさ》え、海《うみ》を越《こ》えて届《とど》けてくれた……。

この楽譜《がくふ》を受《う》け取《と》った時《とき》、来夏《らいか》おばあちゃんはきっと本当《ほんとう》にうれしかったに違《ちが》いない。

ポッポー――‼

小《ちい》さな機関車《きかんしゃ》の汽笛《きてき》が松山《まつやま》の町《まち》に響《ひび》く。

そのレールの先《さき》の高台《たかだい》に、来夏《らいか》おばあちゃんのお墓《はか》がある。

四国《しこく》の空《そら》は今日《きょう》も抜《ぬ》けるような青空《あおぞら》。

僕《ぼく》らの今年《ことし》の暑《あつ》い夏休《なつやす》みはまだ続《つづ》いている。


（おしまい）

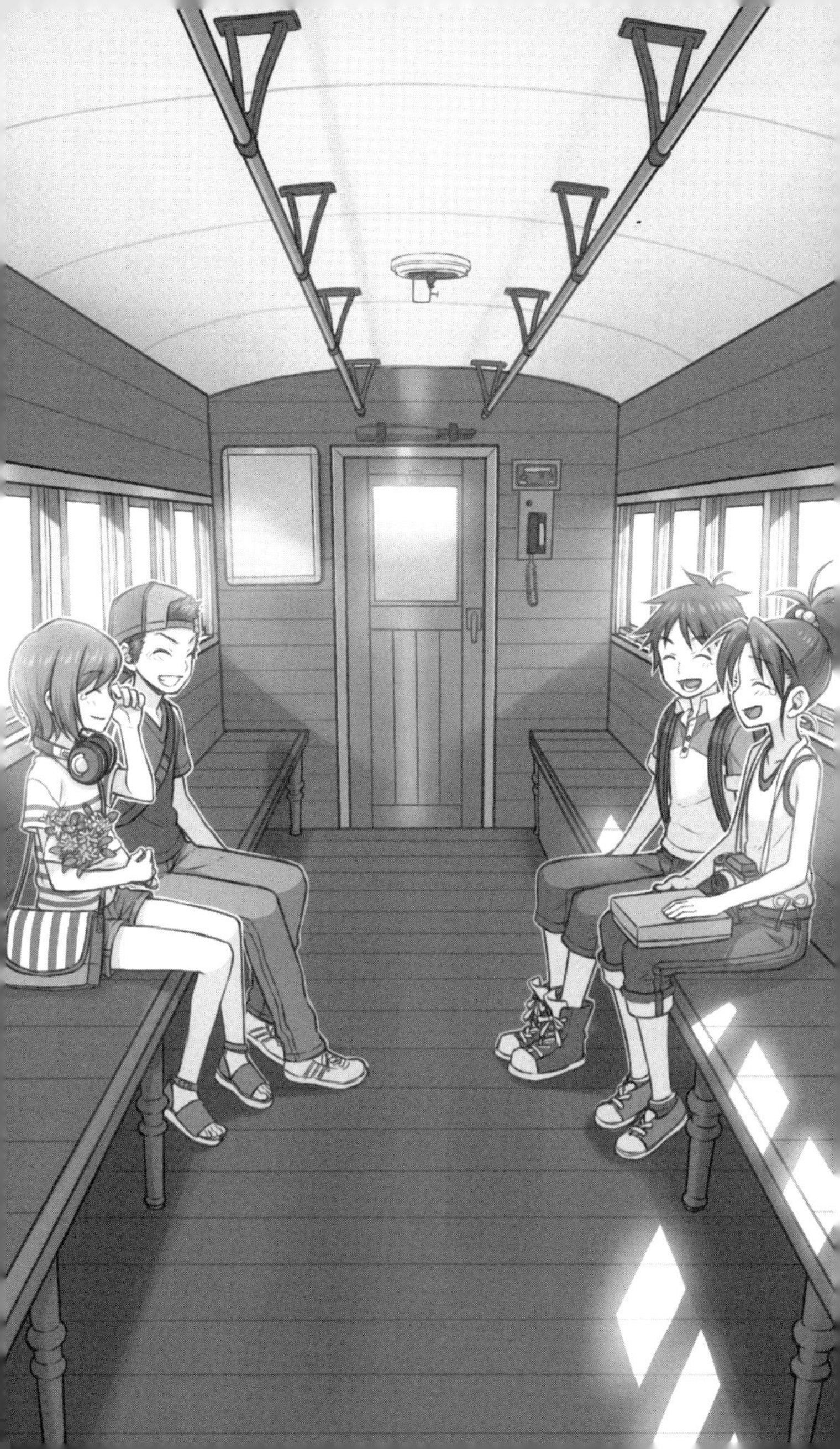

【詳細《しょうさい》ルート】
絶景列車《ぜっけいれっしゃ》・伊予灘《いよなだ》ものがたりと、
四国一周《しこくいっしゅう》の旅《たび》
6 南風《なんぷう》リレー号《ごう》
高松《たかまつ》【8:57発《はつ》】
↓
宇多津《うたづ》【9:31着《ちゃく》】
アーケード街《がい》に
電車《でんしゃ》が!?
片原町《かたはらまち》
高松築港《たかまつちっこう》
高松《たかまつ》
琴電志度《ことでんしど》
志度《しど》
宇多津《うたづ》
仏生山《ぶっしょうざん》
長尾《ながお》
電琴平《でんことひら》
琴平《ことひら》
鳴門《なると》
ことでんの
車両所《しゃりょうじょ》を見学《けんがく》
徳島《とくしま》
5 ことでん琴平線《ことひらせん》
高松築港《たかまつちっこう》【13:00発《はつ》】
↓
仏生山《ぶっしょうざん》【13:17着《ちゃく》】
大歩危《おおぼけ》
ボケの聖地《せいち》……
じゃなーい!!
後免《ごめん》
知《ち》
後免町《ごめんまち》
海部《かいふ》
甲浦《かんのうら》
安芸《あき》
9 やたろう2号《ごう》
後免《ごめん》【14:03発《はつ》】
↓
安芸《あき》【14:56着《ちゃく》】
りまや橋《ばし》
奈半利《なはり》
11 土佐《とさ》くろしお鉄道《てつどう》
奈半利《なはり》【16:09発《はつ》】
↓
後免町《ごめんまち》【17:00着《ちゃく》】
10 土佐《とさ》くろしお鉄道《てつどう》
安芸《あき》【15:22発《はつ》】
↓
奈半利《なはり》【15:42着《ちゃく》】
12 とさでん交通《こうつう》
後免町《ごめんまち》【17:10発《はつ》】
↓
はりまや橋《ばし》【17:45着《ちゃく》】

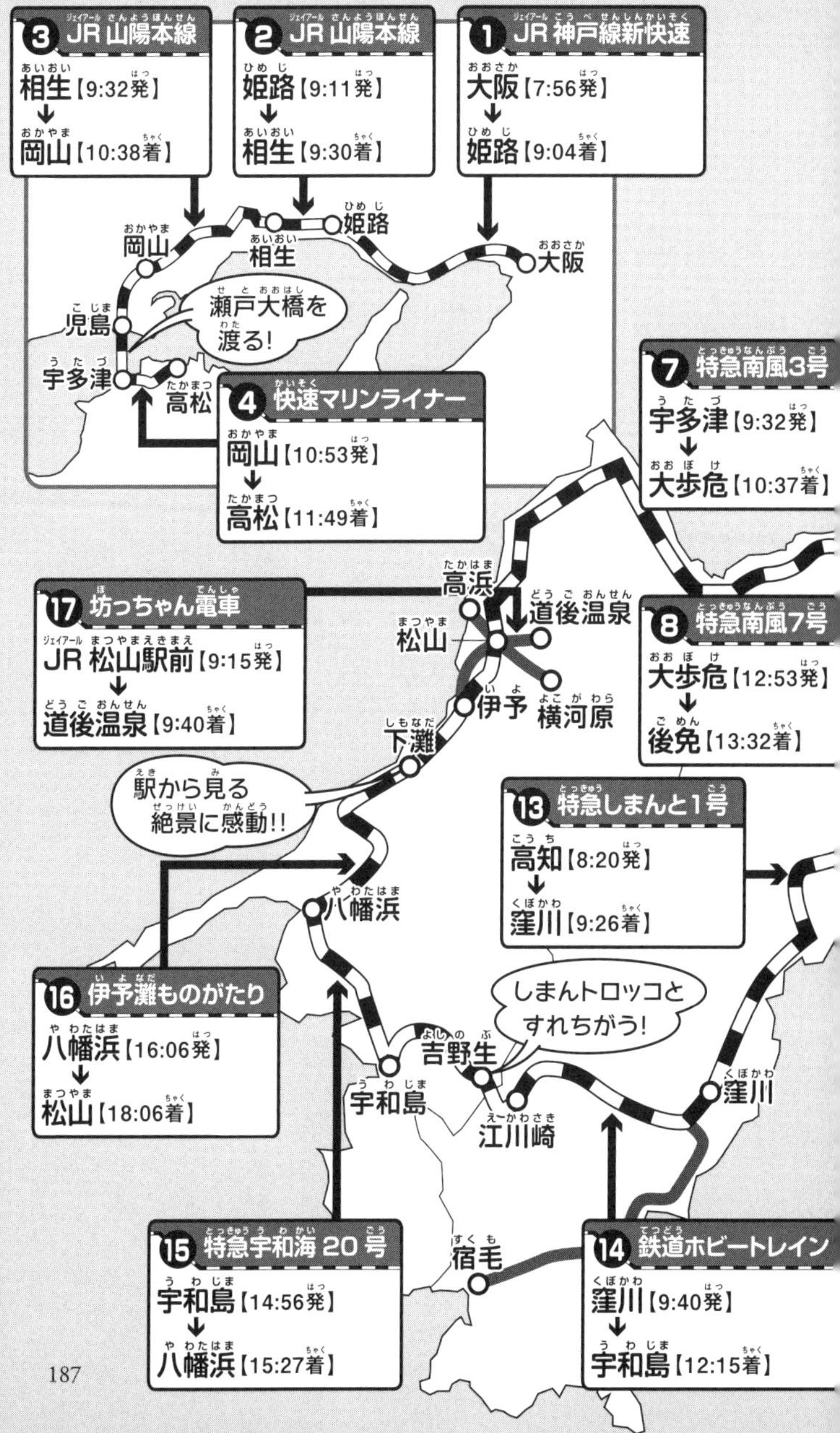

3 JR《ジェイアール》山陽本線《さんようほんせん》
相生《あいおい》【9:32発《はつ》】
↓
岡山《おかやま》【10:38着《ちゃく》】
2 JR《ジェイアール》山陽本線《さんようほんせん》
姫路《ひめじ》【9:11発《はつ》】
↓
相生《あいおい》【9:30着《ちゃく》】
1 JR《ジェイアール》神戸線新快速《こうべせんしんかいそく》
大阪《おおさか》【7:56発《はつ》】
↓
姫路《ひめじ》【9:04着《ちゃく》】
岡山《おかやま》
姫路《ひめじ》
相生《あいおい》
大阪《おおさか》
児島《こじま》
瀬戸大橋《せとおおはし》を渡《わた》る!
宇多津《うたづ》
高松《たかまつ》
4 快速《かいそく》マリンライナー
岡山《おかやま》【10:53発《はつ》】
↓
高松《たかまつ》【11:49着《ちゃく》】
7 特急南風《とっきゅうなんぷう》3号《ごう》
宇多津《うたづ》【9:32発《はつ》】
↓
大歩危《おおぼけ》【10:37着《ちゃく》】
17 坊《ぼ》っちゃん電車《でんしゃ》
JR《ジェイアール》松山駅前《まつやまえきまえ》【9:15発《はつ》】
↓
道後温泉《どうごおんせん》【9:40着《ちゃく》】
高浜《たかはま》
道後温泉《どうごおんせん》
松山《まつやま》
伊予《いよ》
横河原《よこがわら》
下灘《しもなだ》
8 特急南風《とっきゅうなんぷう》7号《ごう》
大歩危《おおぼけ》【12:53発《はつ》】
↓
後免《ごめん》【13:32着《ちゃく》】
駅《えき》から見《み》る絶景《ぜっけい》に感動《かんどう》!!
13 特急《とっきゅう》しまんと1号《ごう》
高知《こうち》【8:20発《はつ》】
↓
窪川《くぼかわ》【9:26着《ちゃく》】
八幡浜《やわたはま》
16 伊予灘《いよなだ》ものがたり
八幡浜《やわたはま》【16:06発《はつ》】
↓
松山《まつやま》【18:06着《ちゃく》】
しまんトロッコとすれちがう!
吉野生《よしのぶ》
宇和島《うわじま》
江川崎《えかわさき》
窪川《くぼかわ》
宿毛《すくも》
15 特急宇和海《とっきゅううわかい》20号《ごう》
宇和島《うわじま》【14:56発《はつ》】
↓
八幡浜《やわたはま》【15:27着《ちゃく》】
14 鉄道《てつどう》ホビートレイン
窪川《くぼかわ》【9:40発《はつ》】
↓
宇和島《うわじま》【12:15着《ちゃく》】

あとがき

作者《さくしゃ》の豊田巧《とよだたくみ》です。今回《こんかい》の執筆《しっぴつ》にあたっては『高松琴平電気鉄道《たかまつことひらでんきてつどう》』様《さま》に取材協力頂《しゅざいきょうりょくいただ》きました。この場《ば》をお借《か》りいたしまして、厚《あつ》くお礼申《れいもう》し上《あ》げます。ありがとうございました。

さて、みんなが応援《おうえん》してくれたので『電車《でんしゃ》で行《い》こう！』シリーズは、毎年《まいとし》五冊《さつ》以上発売《いじょうはつばい》されるようになってきました。本当《ほんとう》にありがとう！ 今年《ことし》で二十巻《にじゅっかん》を突破《とっぱ》しましたから、みんなと約束《やくそく》した百巻《ひゃっかん》に向《む》かって、五分《ぶん》の一まで来《き》たことになりますね（笑）。

さてみんなは四国《しこく》へ行《い》ったことがあるかな？

ＪＲ《ジェイアール》四国《しこく》ではとっても楽《たの》しい列車《れっしゃ》をたくさん走《はし》らせているから、機会《きかい》があったら乗《の》ってみてね。四国《しこく》はとっても自然《しぜん》が豊《ゆた》かなので、車窓《しゃそう》から見《み》える風景《ふうけい》がとってもキレイなところが僕《ぼく》も大好《だいす》きです。ちなみに四国《しこく》は食《た》べものもとってもおいしいから、駅弁《えきべん》なんかも楽《たの》しんでみてください。

それでは、次回《じかい》の『電車《でんしゃ》で行《い》こう！』をお楽《たの》しみに！

集英社みらい文庫

電車《でんしゃ》で行《い》こう！
絶景列車《ぜっけいれっしゃ》・伊予灘《いよなだ》ものがたりと、四国一周《しこくいっしゅう》の旅《たび》

豊田《とよだ》 巧《たくみ》 作
裕龍《ゆうりゅう》ながれ 絵

ファンレターのあて先
〒101-8050 東京都千代田区一ツ橋2-5-10 集英社みらい文庫編集部
いただいたお便りは編集部から先生におわたしいたします。

2016年10月31日 第1刷発行
2020年 9月15日 第2刷発行

発行者 北畠輝幸
発行所 株式会社 集英社
〒101-8050 東京都千代田区一ツ橋2-5-10
電話 編集部 03-3230-6246
読者係 03-3230-6080
販売部 03-3230-6393（書店専用）
http://miraibunko.jp
装丁 高橋俊之（ragtime） 中島由佳理
編集協力 五十嵐佳子
印刷 凸版印刷株式会社
製本 凸版印刷株式会社

★この作品はフィクションです。実在の人物・団体・事件などにはいっさい関係ありません。

ISBN978-4-08-321341-0 C8293 N.D.C.913 188P 18cm

※作品中の鉄道および電車の情報は2016年9月のものを参考にしています。

JASRAC出 1612120-601

集英社みらい文庫からのお知らせ

大《だい》好《こう》評《ひょう》発《はつ》売《ばい》中《ちゅう》!!

T3《ティースリー》と一緒《いっしょ》に旅《たび》したみなさん。
どこで初登場《はつとうじょう》したかわかるかな？

村上《むらかみ》のぞみ

さくらの幼《おさな》なじみ。雄太《ゆうた》に対《たい》して思《おも》うところがアリ!?

吉川真理《よしかわまり》

新幹線《しんかんせん》の中《なか》で出会《であ》った人《ひと》。乗《の》る車両《しゃりょう》を間《ま》違《ちが》えた!?

河合《かわい》 航《こう》

歴史《れきし》好《ず》きな小学《しょうがく》五年《ねん》生《せい》。福島《ふくしま》まで列車《れっしゃ》を乗《の》り継《つ》ぐ大旅行《だいりょこう》！

電車《でんしゃ》で行《い》こう！

1. 新幹線《しんかんせん》を追《お》いかけろ
2. 60円《えん》で関東一周《かんとういっしゅう》
3. 逆転《ぎゃくてん》の箱根《はこね》トレイン・ルート
4. 大阪《おおさか》・京都《きょうと》・奈良《なら》ダンガンツアー
5. 北斗星《ほくとせい》に願《ねが》いを
6. 超難解《ちょうなんかい》!? 名古屋《なごや》トレインラリー
7. 青春《せいしゅん》18きっぷ・1000キロの旅《たび》
8. 走《はし》る！ 湾岸捜査大作戦《わんがんそうさだいさくせん》
9. 夢《ゆめ》の「スーパーこまち」と雪《ゆき》の寝台特急《しんだいとっきゅう》
10. 特急《とっきゅう》ラピートで海《うみ》をわたれ!!
11. GO《ゴー》！ GO《ゴー》！ 九州新幹線《きゅうしゅうしんかんせん》!!
12. 乗客《じょうきゃく》が消《き》えた!? 南国《なんごく》トレイン・ミステリー
13. ショートトリップ&《アンド》トリック！ 京王線《けいおうせん》で行《い》く高尾山《たかおさん》!!
14. サンライズ出雲《いずも》と、夢《ゆめ》の一畑電車《いちばたでんしゃ》！
15. ハートのつり革《かわ》を探《さが》せ！ 駿豆線《すんずせん》とリゾート21で伊豆大探検《いずだいたんけん》!!
16. 北陸新幹線《ほくりくしんかんせん》とアルペンルートで、極秘《ごくひ》の大脱出《だいだっしゅつ》！
17. 山手線《やまのてせん》で東京《とうきょう》・鉄道《てつどう》スポット探検《たんけん》！
18. 川崎《かわさき》の秘境駅《ひきょうえき》と、京急線《けいきゅうせん》で桜前線《さくらぜんせん》を追《お》え！
19. 北海道新幹線《ほっかいどうしんかんせん》と函館本線《はこだてほんせん》の謎《なぞ》。時間《じかん》を超《こ》えたミステリー！
20. 約束《やくそく》の列車《れっしゃ》を探《さが》せ！ 真岡鐵道《もおかてつどう》とひみつのSL《エスエル》
21. 絶景列車《ぜっけいれっしゃ》・伊予灘《いよなだ》ものがたりと、四国一周《しこくいっしゅう》の旅《たび》
22. 黒《くろ》い新幹線《しんかんせん》に乗《の》って、行先不明《いきさきふめい》のミステリーツアーへ
23. 小田急《おだきゅう》ロマンスカーと、迫《せま》る高速鉄道《こうそくてつどう》！
24. 80円《えん》で関西一周《かんさいいっしゅう》!! 駅弁食《えきべんく》いだおれ463.9km《キロメートル》!!!
25. 東武特急《とうぶとっきゅう》リバティで行《い》く、さくら舞《ま》う歴史旅《れきしたび》！
26. 目指《めざ》せ！ 東急全線一日乗《とうきゅうぜんせんいちにちの》りつぶし！
27. 運気上昇《うんきじょうしょう》!? 西鉄《にしてつ》と特急《とっきゅう》で行《い》く水路《すいろ》の街《まち》
28. 奇跡《きせき》を起《お》こせ!? 秋田新幹線《あきたしんかんせん》こまちと幻《まぼろし》のブルートレイン
29. 西武鉄道《せいぶてつどう》コネクション！ 52席《せき》の至福《しふく》を追《お》え!!
30. 特急宗谷《とっきゅうそうや》で、目指《めざ》せ最果《さいは》ての駅《えき》！
31. 鉄道&船《てつどうアンドふね》!? ひかりレールスターと瀬戸内海《せとないかい》スペシャルツアー!!

「みらい文庫《ぶんこ》」読者《どくしゃ》のみなさんへ

言葉《ことば》を学《まな》ぶ、感性《かんせい》を磨《みが》く、創造力《そうぞうりょく》を育《はぐく》む……、読書《どくしょ》は「人間力《にんげんりょく》」を高《たか》めるために欠《か》かせません。たった一枚《いちまい》のページをめくる向《む》こう側《がわ》に、未知《みち》の世界《せかい》、ドキドキのみらいが無限《むげん》に広《ひろ》がっている。これこそが「本《ほん》」だけが持《も》っているパワーです。

学校《がっこう》の朝《あさ》の読書《どくしょ》に、休《やす》み時間《じかん》に、放課後《ほうかご》に……。いつでも、どこでも、すぐに続《つづ》きを読《よ》みたくなるような、魅力《みりょく》に溢《あふ》れる本《ほん》をたくさん揃《そろ》えていきたい。読書《どくしょ》がくれる、心《こころ》がきらきらしたり胸《むね》がきゅんとする瞬間《しゅんかん》を体験《たいけん》してほしい、楽《たの》しんでほしい。みらいの日本《にほん》、そして世界《せかい》を担《にな》うみなさんが、やがて大人《おとな》になった時《とき》、「読書《どくしょ》の魅力《みりょく》を初《はじ》めて知《し》った本《ほん》」「自分《じぶん》のおこづかいで初《はじ》めて買《か》った一冊《いっさつ》」と思《おも》い出《だ》してくれるような作品《さくひん》を一所懸命《いっしょけんめい》、大切《たいせつ》に創《つく》っていきたい。

そんないっぱいの想《おも》いを込《こ》めながら、作家《さっか》の先生方《せんせいがた》と一緒《いっしょ》に、私《わたし》たちは素敵《すてき》な本作《ほんづく》りを続《つづ》けていきます。「みらい文庫《ぶんこ》」は、無限《むげん》の宇宙《うちゅう》に浮《う》かぶ星《ほし》のように、夢《ゆめ》をたたえ輝《かがや》きながら、次々《つぎつぎ》と新《あたら》しく生《う》まれ続《つづ》けます。

本《ほん》を持《も》つ、その手《て》の中《なか》に、ドキドキするみらい――――。

本《ほん》の宇宙《うちゅう》から、自分《じぶん》だけの健《すこ》やかな空想力《くうそうりょく》を育《そだ》て、〝みらいの星《ほし》〟をたくさん見《み》つけてください。

そして、大切《たいせつ》なこと、大切《たいせつ》な人《ひと》をきちんと守《まも》る、強《つよ》くて、やさしい大人《おとな》になってくれることを心《こころ》から願《ねが》っています。

2011年《ねん》 春《はる》

集英社《しゅうえいしゃ》みらい文庫《ぶんこ》編集部《へんしゅうぶ》